Premier RÔLE

ISBN 979-10-352-0657-4

Éditrice : Charline Vanderpoorte
Assistante d'édition : Juliette Gaillard
Design de couverture : Laurent Besson
Maquette de couverture : Florie Briand
Maquette intérieure : Amandine Chambosse

Loi n° 49-956 du 16 juillet 1949 sur les publications destinées à la jeunesse

MIKAËL OLLIVIER

Premier RÔLE

EDITIONS THIERRY MAGNIER

Cela fait maintenant plus de vingt ans que **Mikaël Ollivier** écrit des livres et des films, et pourtant, il ne sait toujours pas comment l'on fait, ni pourquoi. C'est sans doute pour cela qu'il continue aussi passionnément. Parce qu'il est encore un débutant, et compte bien le rester.

Aux Éditions Thierry Magnier :

Et si la mer était bleue, coll. Petite Poche.
Tu ne sais rien de l'amour, coll. Roman.
Trop fort, Victor !, coll. Petite Poche.
Le Monde dans la main, coll. Roman. (Prix des collégiens de l'Hérault 2012 ; Prix des lycéens allemands 2013.)
Sur un arbre perché, coll. Petite Poche.
Tsunami, coll. Petite Poche.
L'Alibi, coll. Roman.
Tout doit disparaître, coll. Roman.
Hier encore, mon père était mort, coll. Roman.
Le Grand Mystère, coll. Petite Poche.
Sous le même signe, coll. Roman. (Prix Croque Livres 2007.)
Peau de lapin, coll. Petite Poche.
E-den, coll. Roman, avec Raymond Clarinard.
(Prix de la NRP 2004 ; Prix du Festival du livre de jeunesse de Cherbourg-Octeville 2005 ; Prix Sésame 2005 ; Prix Livre d'Or des jeunes lecteurs valenciennois ; Prix du Printemps des lecteurs 2005 à Narbonne ; Prix Dunois 2005 ; Prix François-Rabelais 2005 ; Prix L'Été du livre à Metz 2005 ; Prix des lecteurs de Sablé-sur-Sarthe 2006 ; Prix des collégiens de Beauvaisie 2007.)
T'es un grand garçon maintenant, coll. Petite Poche.
Mange tes pâtes !, coll. Petite Poche.
Star-crossed lovers, coll. Roman. (Prix du Roman miroir 2003 ; Prix J'ai lu J'élis 2004 ; Prix de la ville de Bruxelles 2004 ; Prix Farniente 2005.)

Vivement jeudi !, coll. Petite Poche. (Prix Le Livre élu en Livradois-Forez 2004.)
Tu sais quoi ?, coll. Roman. (Prix Festilivres 2003 ; Prix du Festival du livre de jeunesse de Cherbourg-Octeville 2003.)
La Vie, en gros, coll. Roman. (Dix-sept prix littéraires, dont le Prix des Incorruptibles 2002 ; porté à l'écran.)
Premier de la classe, album, avec Martin Veyron.
Papa est à la maison, coll. Roman. (Prix de l'Esterel 2001.)

Littérature générale :

Apprendre à marcher aux enfants, éd. Le Passage.
Quelque chose dans la nuit, éd. Le Passage.
La Promesse du feu, éd. Albin Michel. (Porté à l'écran.)
Bruce Frederick Springsteen, avec Hugues Barrière, Le Castor Astral Éditeur.
Noces de glace, éd. Albin Michel. (Porté à l'écran.)
L'Inhumaine Nuit des nuits, éd. Albin Michel. (Prix Polar derrière les murs 2006.)
La Fièvre bâtisseuse, éd. Thierry Magnier.
Trois souris aveugles, éd. Albin Michel. (Prix Polar 2003 ; porté à l'écran sous le titre *Une souris verte*.)

Bande dessinée :

Hantée, avec Nicolas Pitz, éd. Jungle.

Bon, je vais pas vous la jouer : « Ouiii, l'autre jour, en REllsant Cioran… »

Je n'ai jamais lu Cioran. Je ne connaissais même pas son nom avant de tomber par accident sur une phrase de lui sur un site qui parlait de tout sauf de littérature et de philosophie : « Chacun de nous est prisonnier de ses maux passés, et s'il est anxieux, de ses maux à venir. »

Elle m'a fait un coup, cette phrase, comme si elle avait été écrite pour moi. Mon rythme cardiaque a piqué un sprint, et mes mains se sont mises à trembler. Je me suis aussitôt fait une petite séance de cohérence cardiaque. Une vraie pro ! Les crises de panique et moi, c'est déjà une longue histoire ; je connais toutes les parades.

Ensuite j'ai tapé *Cioran* sur mon téléphone. Emil Cioran. Et là, des tonnes de citations. Je dois dire que j'ai passé un bon moment.

« La mort : le sublime à la portée de chacun. »

« La mort est un état de perfection, le seul à la portée d'un mortel. »

C'était visiblement son truc, la mort. Moi aussi, ça tombait bien.

Encore : « On meurt de l'essentiel lorsqu'on se détache de tout. » Pas mal, celle-là. J'aime beaucoup aussi, dans un autre genre : « Regarder sans comprendre, c'est cela le paradis. »

« Dans un monde sans mélancolie, les rossignols se mettraient à roter », m'a d'abord bien fait marrer. Puis pas que.

Il y a aussi l'une de mes préférées : « Espérer, c'est démentir l'avenir. » Un bonbon ! Le truc à lire et relire au moindre coup de mou : pour sortir ça, le mec devait être sacrément au fond du trou. Ça console.

Après, j'en ai trouvé une autre sur la mort, qui, comme la toute première, avait été écrite spécialement pour moi et Nino : « L'homme accepte la mort mais non l'heure de sa mort. Mourir n'importe quand, sauf quand il faut que l'on meure. »

Je suis restée longtemps scotchée devant mon écran.

Et puis, de lien en lien, je suis tombée sur « On ne devrait écrire des livres que pour y dire des choses qu'on n'oserait confier à personne ».

J'ai relu la phrase : « On ne devrait écrire des livres que pour y dire des choses qu'on n'oserait confier à personne. » Encore et encore : « On ne devrait écrire des livres que pour y dire des choses qu'on n'oserait confier à personne ;

On ne devrait écrire des livres que pour y dire des choses qu'on n'oserait confier à personne… »

Ça a infusé. Et j'ai fini par penser Tope là, Emil !

Pourtant, écrire, ce n'est pas mon truc. Les livres non plus, d'ailleurs. Enfin, c'est ce que je pensais, jusqu'à ce qu'un algorithme me suggère une autre phrase, d'un autre comique, Franz Kafka : « Un livre doit être la hache qui brise la mer gelée en nous. »

Je veux y croire, même si, je sais, je sais, qu'espérer, c'est démentir l'avenir.

Alors même si je déteste écrire, je vais le faire. Deux lignes ou dix pages, mais chaque jour. C'est comme le sport, il ne faut pas s'arrêter, sauter des séances d'entraînement, sans quoi on n'y retourne pas. Et il ne faut surtout pas s'imaginer ce qu'on pourrait faire de bien plus agréable à la place.

Alors voilà : j'écris.

La preuve.

Sur la petite tombe de Nino, au-dessus de ses années de naissance et de mort gravées dans le marbre, 1938-2021, il y a, comme elle en avait exprimé la volonté, un portrait de Gene Tierney dans un cadre. La sépulture ne manque jamais d'attirer l'attention des visiteurs du cimetière. Certains, même, font des selfies devant.

Nino s'était très tôt identifiée à l'actrice, peut-être parce qu'elle se prénommait Geneviève, facile à diminuer en Gene… ? Elle me disait, montrant une photo d'elle à vingt ans Tu ne trouves pas que c'est frappant, P'tit' Miss… ? Non, je ne trouvais pas, mais me gardais bien de le lui dire. Nino était jolie, à quatre-vingt-trois ans comme à vingt, mais ronde, pour ne pas dire grosse, bien loin en tout cas de la silhouette de Gene Tierney. Bien sûr elle était brune, et quelque chose dans les pommettes, habilement souligné par un maquillage très étudié, pouvait, vaguement, évoquer la star hollywoodienne période *Le ciel peut attendre*.

Mais il fallait y mettre beaucoup de bonne volonté. Ou d'amour. Nino allait même jusqu'à trouver une ressemblance entre Bernard, son second mari, et Rex Harrison, qui interprète le fantôme dans *L'Aventure de Mme Muir*, le film de Mankiewicz. Là, je m'insurgeais ouvertement car, comme Lucy Muir, j'étais tombée amoureuse du fantôme du capitaine Gregg dès ma découverte du film, à l'âge de sept ans.

J'ai été élevée par Nino, mais aussi par Mankiewicz, Scorsese, Akerman, Moretti, Ozu, Kazan, Truffaut, Lubitsch, Boetticher, Campion, Ophüls, Forman, Hitchcock, Kawase, Carné, Curtiz, Granier-Deferre, Rossellini et des dizaines d'autres.

Pour sa crémation, elle avait tout prévu, bien listé sur une feuille de cahier à spirale que j'ai trouvée dans le tiroir de sa table de chevet. Pas de fleurs, pas de discours, surtout pas de curé (souligné en rouge) mais de la musique et des extraits de films, dont elle avait certainement passé des nuits à faire et défaire la liste. Elle voulait que la cérémonie ressemble à une soirée ciné-club.

Pour l'entrée, le thème composé par Wojciech Kilar pour *Le Roi et l'Oiseau*, « notre » film d'animation, à Nino et moi (elle m'a interdit les Disney toute ma jeunesse), que j'ai vu des dizaines de fois (probablement plus de cinquante) blottie contre elle dans le canapé du salon, et pour la sortie, le *Grand Choral* de *La Nuit américaine*, de Georges Delerue, son compositeur préféré. Je me suis évanouie quand, après les cordes, la trompette est entrée au moment où le cercueil disparaissait derrière la petite trappe pour être brûlé. Cet air, c'est tout Nino. L'euphorie et le tragique en même temps. Un débordement. Un déferlement. Trop pour moi le jour des obsèques, auxquelles nous étions une quinzaine à assister. Des voisines, des anciennes patronnes de Nino, Mireille, Alain dans les bras de qui je me suis retrouvée quand je suis tombée dans les pommes, et ma mère, cette connasse.

Frank Capra, Robert Guédiguian, Pedro Almodóvar, James Gray, Nadine Labaki, Howard Hawks, Kathryn Bigelow, Richard Thorpe, Julien Duvivier, John Ford, Otto Preminger, Pablo Larraín, Raoul Walsh, Henry Hathaway, John Carpenter, Federico Fellini, Steven Spielberg, John Cassavetes, Paolo Sorrentino, Wim Wenders, Sydney Pollack, Paul Grimault, Andreï Zvyagintsev, Agnès Varda, Asghar Farhadi, Claude Sautet, Hayao Miyazaki, Jacques Demy, Sebastián Lelio, Arnaud Desplechin, Ruben Östlund, Louis Malle, Agnès Jaoui, Billy Wilder, Philippe de Broca, Andrzej Wajda, Paolo et Vittorio Taviani, Ingmar Bergman, Stéphane Brizé, Akira Kurosawa, Jean Renoir, Michael Cimino, Woody Allen, Sidney Lumet, Todd Haynes, Sergio Leone, Céline Sciamma…

Cette suite de noms de réalisatrices et de réalisateurs m'apaise. Elle m'empêche de penser tout en me reliant à Nino. Je la puise sans hiérarchie dans ma mémoire, dès qu'un nom surgit.

Douglas Sirk, Stanley Kubrick, Francis Ford Coppola, Bertrand Tavernier, Kenneth Branagh, Claude Chabrol, Carlos Saura, Susanne Bier, Emmanuel Finkiel, Sam Mendes, Stephen Frears, Elia Kazan, Anne Fontaine, Éric Rohmer, Luchino Visconti, Charlie Chaplin, Alain Resnais, Vittorio De Sica, Nicholas Ray, Olivier Assayas, David Lean, Robert Zemeckis, Ryūsuke Hamaguchi, John Boorman, Andreï Kontchalovski, Orson Welles, Emmanuelle Bercot, Blake Edwards, Christian Petzold, Robert Altman, Catherine Corsini, Steve McQueen, Jacques Tourneur, Marco Bellocchio, Valeria Bruni-Tedeschi, Arthur Penn, Bernardo Bertolucci, Maurice Pialat, Jean-Pierre Melville, Ken Loach, Alain Cavalier, Jacques Tati…

J'y reviens sans cesse. Une obsession. Je pourrais ne plus faire que ça, compléter cette liste jour et nuit, et puis pourquoi pas ensuite avec des noms d'actrices et d'acteurs… ? C'est en même temps rassurant et effrayant, une façon de me détourner de ce texte dont je tente d'accoucher pour y dire ces fameuses choses que je n'oserais confier à personne. Il m'est vital, je le sens, je le sais, mais il me terrifie et me fait mal, alors je bifurque vers cette liste de noms que personne de ma génération, ou presque, ne connaît, mais qui sortent de ma mémoire sans le moindre effort tant ils en sont le terreau. Et je me mens en me disant qu'ils font partie de l'exercice de souvenir indispensable à l'écriture. Mon cul. C'est seulement un TOC, une façon de brûler le temps, de remettre à plus tard le devoir de lucidité qui me demande un courage qui me fait défaut. De remettre au plus tard possible ce que je n'ose confier à personne. Alors les noms s'amoncellent, sous lesquels je pourrais finir enterrée vivante.

Je viens de rentrer du cimetière, la tête basse, sans rien voir des rues de Versailles, et pour célébrer le deuxième anniversaire de la mort de Nino, plutôt que de reprendre mon manuscrit, je vais me mettre en pyjama, fermer les volets, couper mon téléphone (même si ça fait des mois que plus personne ne m'appelle et que je n'appelle plus personne) et regarder *Le Roi et L'Oiseau*, suivi de *L'Aventure de Mme Muir* et de *La Nuit américaine*, le tout en m'empiffrant de bananes écrasées mélangées à du cacao.

Le 4 mars 2021, jour de sa mort, Nino avait quatre-vingt-trois ans, et moi dix-sept. J'étais en terminale au lycée Hoche.

Un an moins quelques jours plus tôt, Emmanuel Macron nous annonçait que nous étions en guerre.

Nous étions devant la télé, Nino et moi. Elle m'a pris la main et l'a serrée, pas pour me rassurer, mais pour sentir ma chaleur sous ses doigts, ma peau, du concret, du réel, comme on se pince quand on n'arrive pas y croire.

Le mot « confinement », que je n'avais jamais entendu, faisait irruption dans notre vocabulaire et dans nos vies.

La sidération passée, nous nous sommes réparti les tâches. Je m'occuperais des courses « de première nécessité », comme nous allions apprendre à le dire, Nino de la programmation, bien plus nécessaire à ses yeux, des films qui allaient rythmer notre quotidien confiné.

N'en revenant pas que les salles de cinéma aient pu être fermées, elle nous avait immédiatement payé un abonnement à LaCinetek, où nous téléchargions déjà régulièrement des films au coup par coup depuis des années, en alternance avec UniversCiné.

Le 17 mars au matin, alors que j'écumais les magasins dévalisés comme en temps de guerre (enfin, je suppose, ne connaissant de la guerre que ce que le cinéma m'en avait montré), me retrouvant, contaminée par la peur de manquer, à ramasser fébrilement sur des étals sens dessus dessous des denrées dont nous n'aurions pas besoin, ma grand-mère élaborait une liste de cycles de films possibles, par réalisateurs, par pays, par genres ou par thématiques.

Si je redoutais de ne plus pouvoir aller au lycée, de devoir suivre mes cours et préparer mon bac à distance, de ne plus voir mes amis, je n'avais aucune crainte quant à la cohabitation avec Nino vingt-deux ou vingt-trois heures sur vingt-quatre (puisque nous pouvions sortir une heure par jour, ensemble ou séparément).

Nous étions indissociables, avec cette sensation, le plus souvent attribuée aux amoureux, de ne faire qu'une, et la capacité de nous comprendre sans jamais avoir besoin de s'expliquer, par une communication du corps et de l'esprit qui, fréquemment, se passait de mots.

Si ce n'était la fermeture des salles de cinéma et l'angoisse de cette pandémie à laquelle nous ne comprenions pas grand-chose, je sais que Nino se réjouissait de ces semaines à venir durant lesquelles le monde se résumerait officiellement à nous deux.

Vers 10 h 30, une fois les ultimes courses terminées, je devais retrouver mes amis square Jean-Houdon où nous avions décidé, par messagerie, de nous faire « nos adieux ».

Sur place en avance, j'ai vu Marie-Des-Neiges arriver la première, me tombant dans les bras, en larmes à l'idée que d'ici une heure nous n'aurions plus le droit de nous voir. Marie-Des-Neiges, depuis la maternelle, avait toujours été démonstrative, excessive, grandiloquente et irrésistible.

Nous nous étions rencontrées à l'âge de cinq ans, dans ce même square où Nino m'emmenait parfois prendre mon goûter. Un coup de foudre. Nous avons été instantanément inséparables. Des sœurs. Même école, même collège, même lycée, même choix d'orientation et d'activités extrascolaires sans autre motivation que d'être ensemble le plus souvent possible.

Serrée contre moi, elle m'a dit On s'en fout on se verra, on les emmerde, on l'emmerde leur confinement de mes couilles.

Je lui faisais confiance. Je savais que rien n'était impossible à Marie-Des-Neiges, comme elle me l'avait prouvé lors de notre passage en sixième. Ses parents avaient voulu l'inscrire dans un collège catholique, celui dans lequel étaient allés ses quatre frères aînés, et dans lequel iraient son jeune frère et sa sœur cadette. Mais pas elle, qui a refusé tout net et exigé, à hauts cris, d'aller dans le public pour ne pas être séparée de moi, allant jusqu'à faire la grève de la faim. Ses parents ont cédé au bout de trois jours, finissant par l'inscrire à Hoche – sans doute persuadés d'être en train de gâcher l'avenir de leur fille – où, même si nous n'avons pas, chaque année, été dans la même classe, nous avons passé l'intégralité de nos récréations et des heures de cantine ensemble.

Nous étions encore dans les bras l'une de l'autre quand Sonia, Guillaume, Apolline, Benoît, Marie-Bertille et Alix sont arrivés. La bande, depuis des années, à laquelle s'était agrégé Pierrick, arrivé de Lyon à Versailles le mois de septembre précédent seulement, mais qui sortait avec Marie-D. depuis la Toussaint, un record de longévité. Solène manquait à l'appel, partie se confiner avec sa famille dans leur maison en Bretagne, et Clovis, chez son père à Angers.

Nous avons parlé vite et fort, fébriles, et nous sommes quittés avec effusions, anxiété et excitation à 11 h 30 pour regagner nos lieux de confinement respectifs.

À 11 h 45, alors que, déjà, dehors, les rues et le ciel étaient désertés et qu'un silence inédit et inconnu se répandait sur Versailles et le pays, on a sonné à la porte.

Nino et moi nous sommes figées un instant. Jamais la sonnette n'avait fait un tel vacarme. Nous nous sommes regardées. À ce moment précis, ce coup de sonnette ne pouvait être anodin. Un bref instant, ensemble je le sais, nous avons partagé sans avoir besoin de la formuler la tentation de ne pas bouger, de faire silence, de faire absence. Mais où aurions-nous pu être puisque l'extérieur nous était interdit… ?

C'est moi qui suis allée ouvrir.

C'était ma mère, affichant un grand sourire et portant un gros sac de voyage. Je l'ai trouvée encore plus belle que la dernière fois que je l'avais vue, qui remontait à quatre années. Élégante comme toujours, maquillée et coiffée (plus court qu'avant) avec soin. Je me suis aussitôt sentie minable et maigrichonne dans mon jogging, les cheveux en pagaille.

Elle a dit Ouf ! C'était moins une.

Nino a froncé les sourcils et a demandé Tu viens faire quoi, là ?

Me confiner avec ma mère et ma fille, pardi !

Bien sûr nous en avons eu envie en même temps, Nino et moi, mais ni l'une ni l'autre n'avons eu le courage de la foutre à la porte.

Puisque dehors, c'était la guerre.

Dix-sept ans plus tôt, à quelques semaines près, à trois rues du boulevard de la Reine, une autre sonnette avait retenti à la porte de Nino. Elle habitait encore, pour quelques mois, rue Berthier, la loge de l'immeuble dont elle avait été la gardienne pendant vingt-cinq ans. À 23 heures passées, elle venait de rentrer du Roxane où, avec Alain, elle avait vu *Trois étés*, de la réalisatrice brésilienne Sandra Kogut.

C'était ma mère à la porte, mais pas seule, avec moi dans ses bras, vieille de quatorze semaines, accueillies par un Ah ! Tu l'as gardé finalement.

Bien sûr, c'est Nino qui m'a raconté tout cela, à sa façon, c'est-à-dire sans façon.

Des mois plus tôt, elle avait essayé de convaincre ma mère d'avorter. En vain, comme en attestent ces mots.

Je ne sais pas qui est mon père. Ma mère n'a jamais connu son nom et ne m'a jamais rien dit de lui sinon qu'il était « beau comme un dieu ». Et noir, comme l'indique ma peau café au lait dont Nino a toujours été toquée. Je devine aussi qu'il était un peu con, le paternel, pour avoir baisé avec une inconnue passablement ivre sans capote. Tant mieux pour moi. Enfin, c'est à voir. En tout cas, sans cette désinvolture, je ne serais pas là pour me poser la question.

Et à celle de Nino, de question, qui n'en était pas une, mais plutôt un constat accablé – « Tu l'as gardé finalement » –, ma mère a répondu par un torrent de larmes.

Elle était à bout. Elle ne s'en sortait pas. Elle n'arrivait pas à l'aimer. Le *l* apostrophe, c'était moi. Ma mère a dit J'arrive pas à l'aimer ! entre deux sanglots, deux hoquets, la morve au nez.

Et c'était la vérité. Elle ne parvenait pas à m'aimer, et je veux bien la croire quand elle affirme qu'elle a essayé, à l'époque et depuis. Moi non plus je ne l'aime pas. Mais, en revanche, je n'ai jamais essayé. Ce que je ressens pour elle de plus positif consiste à quelques rares moments de culpabilité. Non pas de ne pas l'aimer, mais de ne pas chercher à la comprendre.

Elle, a été aimée, et désirée. Par Nino et par Bernard, mon grand-père, le faux sosie de Rex Harrison, décapité par une poutre IPN quand sa Peugeot 204 s'est encastrée sans freiner dans le camion de chantier qu'elle suivait de trop près. Ma mère était dans la voiture.

De son enfance, Nino racontait que chaque étape avait été difficile, de l'apprentissage de la propreté au baccalauréat. Elle disait Je l'aimais, ta mère, mais c'est dingue ce qu'elle a pu m'emmerder !

Sans doute peut-on dater le moment où Nino a cessé d'aimer sa fille au soir de mon arrivée surprise dans sa vie. Ou plutôt à son lendemain matin.

Une fois les larmes de ma mère taries, Nino lui a fait chauffer une soupe en sachet puis nous a mises au lit, elle et moi, dans l'unique chambre, elle-même se couchant sur le canapé du séjour.

Elle a été réveillée six heures plus tard par mes pleurs. J'avais faim. Ma mère avait laissé son sac de voyage dans lequel il y avait des couches, deux biberons, des boîtes de lait en poudre, des petits pots et mon carnet de santé. Et puis un mot : *Pardon maman. Elle s'appelle Emma.*

Nino m'a raconté qu'elle est restée debout à côté du lit à me regarder pleurer. Pas longtemps, juste quelques secondes, le temps de « se mettre les idées en place », comme elle aimait le dire. Puis elle m'a prise dans ses bras. Je me suis tue aussitôt. Nous nous sommes regardées. Nino a déposé un baiser léger sur mes lèvres et je lui ai souri.

Je n'ai jamais cessé depuis.

Nino a dit Bon, Ma Sauterelle, tu peux pas t'appeler Emma. Une gamine sur deux s'appelle Emma, cette année… ! Tu vas t'appeler… Rebecca. Hitchcock, tu vas adorer. Ou alors, Gloria. Cassavetes, 1980, t'en penses quoi… ? Ou Gilda ? Ou bien Sabrina ! Oui, c'est bien, Sabrina : Audrey Hepburn, Billy Wilder, pas mal comme parrain et marraine… ?

Je me prénomme Laura.

Film d'Otto Preminger de 1944 avec, bien sûr, Gene Tierney dans le rôle-titre.

Tout le monde me dit que c'est impossible, mais je reste convaincue de me souvenir de ce baptême. Un souvenir gustatif. Mon premier souvenir de Nino : le goût de cerise de ses lèvres. Ce qu'il restait, au petit matin, du rouge à lèvres couleur burlat offert par Mireille des années avant ma naissance, et auquel Nino est toujours restée fidèle.

Je me rends compte qu'il m'est plus facile d'écrire sur les souvenirs de Nino que sur les miens, sur ce qui s'est passé avant ma naissance et avant les premiers événements ou premières sensations enregistrés par ma mémoire. En organisant et en interprétant ce que Nino m'a raconté pour en faire le récit, alors même qu'il s'agit de faits réels, je réinvente et ai l'impression d'inventer. Cela crée une distance qui me manque cruellement quand il s'agit de raconter un fait dont j'ai été témoin, ou moteur, comme d'évoquer la nervosité de ma mère en mars 2020.

Elle était mal à l'aise en partie à cause de nos silences, à Nino et moi, qui ne lui avons posé aucune question, et entrions dans cet exercice nouveau du confinement comme si sa présence n'était pas un événement alors qu'à l'instant même où j'avais ouvert la porte, son apparition, ou plutôt sa réapparition dans ma vie, avait totalement éclipsé la pandémie. Mais plutôt mourir que de le montrer, même à

Marie-Des-Neiges, qui a fait des bonds par messagerie interposée quand je lui ai annoncé la nouvelle. Marie-D. avait dû rencontrer ma mère trois fois grand maximum depuis douze ans que nous étions meilleures amies, mais elle l'adorait. Ma mère la fascinait, sans doute parce qu'elle était l'exact opposé de la sienne dont, personnellement, j'aimais le physique terne, la discrétion que beaucoup qualifiaient de fadeur, et surtout la présence au quotidien dans la vie de sa fille.

Marie-D. me disait Tu te rends pas compte de ta chance, tu connais pas ton père, même pas son nom, ta mère est une vraie bombe atomique dont tu sais rien ou à peu près, un mystère sur jambes (trop longues et trop belles, en plus !), t'as toujours vécu avec une grand-mère qui te fout une paix royale à condition que tu l'accompagnes deux fois par semaine au cinoche : putain, t'as une vie de ouf qui ressemble à aucune autre ! Un roman dont tu serais l'autrice et l'héroïne, tu te rends pas compte que tu es IN-TÉ-RE-SSANTE ! Un prototype, alors que moi, à côté, je suis un modèle de série ! Modèle de base, en plus, sans les options ! (Le père de Marie-D. avait un temps été ingénieur en construction automobile, ce qui explique ses choix de métaphores toujours très ciblées.) Non mais tu la vois, ta mère, carrossée comme elle est, en train de vendre son gâteau au yaourt à la kermesse de la paroisse, ou en train de prendre des notes à la réu d'information sur la réforme du bac… ? Tu la vois passer des plombes sur Pronote pour checker tes résultats et vérifier si tu vas bien en cours !

Non, je ne la voyais pas. Et je n'étais d'accord avec rien de ce qu'affirmait mon amie si passionnément, mais ses paroles me faisaient du bien. Et tant mieux si le grand vide de mon enfance, sa grande absente, me rendait intéressante aux yeux des autres ; je n'avais en vérité jamais rien fait d'autres que d'essayer qu'il en soit ainsi, quitte à rajouter quelques louches à la vérité. Mais n'empêche que moi, je l'aimais bien, le gâteau au yaourt de la mère de Marie-D.

Et donc, dès les premières heures de notre cohabitation, ma mère, tellement nerveuse, nous a saoulées de paroles pour remplir les vides jusqu'à la gueule avant que Nino, à 19 h 50, me lance Un Sautet, ce soir, ça te dit, Laura ?

Nino m'appelait rarement Laura, et je savais qu'elle l'avait fait à dessein, pour blesser ma mère et bien lui signifier qu'elle n'existait pas, ou si peu dans ma vie, pas même par le prénom qu'elle m'avait donné.

À 20 heures, quand Nino a glissé le DVD de *César et Rosalie*, le septième film de Claude Sautet, l'un de ses préférés, dans le lecteur, nous savions déjà tout ou presque de Patrick, le dernier amour en date de ma mère, de leur rupture autant que de leur rencontre sur un rond-point qu'il bloquait en Normandie avec ses compagnons de lutte. Ses yeux brillaient quand elle évoquait les samedis à manifester à Paris, sous-entendant les nuits d'amour, encore chargées d'adrénaline, qui suivaient ces heures de face-à-face avec les forces de l'ordre, et les jours et les nuits à refaire le monde autour d'un feu dans un baril.

Ma mère, de ce que je sais d'elle, ou en ai compris avec le temps, doit être une formidable amoureuse. Et je le dis sans aucune ironie. Elle ne connaît pas la tiédeur, seulement la passion. Aucune progression dans ses sentiments, aucun palier. Exclusivement des coups de foudre dans lesquels elle s'engouffre tout entière, plantant le reste du monde à l'instant même. Elle se donne, elle s'abandonne, généreuse, excessive et embrasée, et en attend tout autant en retour. À ce jour, trop belle, donnant trop et demandant trop, elle n'a jamais trouvé un homme qui soit à la hauteur plus de vingt mois, et la plupart du temps elle les quitte au bout de quatre. Patrick le Gilet jaune avait établi un record mais n'avait pas survécu au retour de la vie ordinaire qui avait suivi la fin du mouvement de contestation.

Je crois que l'amour, mais en réalité la vie en général, est toujours en dessous des attentes de ma mère. Elle est chroniquement déçue. Ce qui explique peut-être pourquoi elle est infréquentable, et probablement pourquoi elle n'a jamais voulu me fréquenter non plus.

Nino m'a expliqué qu'elle avait fini par être heureuse d'être accidentellement tombée enceinte, puis folle d'excitation à l'idée de devenir mère. En plus de ses convictions religieuses, aucun argument n'avait pu la convaincre d'avorter, ce qui, vu sa situation, et surtout sa personnalité, était pourtant la chose à faire. Mais sa grossesse était sa nouvelle passion, son nouveau credo, et il semblerait même, si j'en crois l'allusion qu'elle y a faite il y a des années lors de l'une des rares semaines de vacances que nous avons passées ensemble, qu'elle ait adoré accoucher. J'en déduis donc qu'il en est allé pour elle de la maternité comme des amours, de la peinture à l'huile, du yoga, du véganisme, du piercing, des Gilets jaunes, de la sophrologie, de la poésie et du chant polyphonique : une déception.

Peut-être m'a-t-elle passionnément aimée quelques semaines avant de me laisser à côté d'un sac plein de couches sur le lit de Nino ? Sans doute, moi non plus, n'ai-je pas été à la hauteur… ?

Pour mes quatorze ans, Nino m'a dit Tu sais, on n'est pas obligé de faire des enfants.

J'ai dû la regarder avec incrédulité, alors elle a essayé de préciser sa pensée en ajoutant Je te dis ça parce que tu es une fille, et que tout le monde va t'affirmer le contraire.

C'est tout. Elle n'a rien ajouté ce jour-là.

Mais quelques mois plus tard, durant l'été, alors que j'étais en vacances près d'Arcachon avec Marie-D. et sa famille, elle m'a envoyé trois cartes postales d'un coup, dans la même enveloppe. C'était notre habitude, quand nous étions séparées pour les vacances, une fois par semaine, de nous envoyer une carte postale, parce que Nino trouvait ça plus joli que des SMS (qu'elle parvenait à lire mais auxquels elle avait du mal à répondre). Cette fois-là, il y en avait plusieurs parce que ce qu'elle avait à me dire ne tenait pas sur une seule.

Elle les avait numérotées de 1 à 3 en haut à droite.

1 : Ta mère n'était pas faite pour être mère. Il ne faut pas lui en vouloir. Elle a le droit. On a le droit de ne pas vouloir être mère, ou bien de l'être et de ne pas savoir comment on fait. Même de regretter d'avoir un enfant. Moi j'ai cru vouloir être mère. J'étais persuadée de le désirer. Mais ce n'était pas vrai. Ce n'était pas mon désir, c'était celui que l'on m'avait inculqué.

2 : J'ai aimé ta mère, même si elle n'était pas très aimable. L'aimer était plus fort que moi. Mais je me suis souvent demandé ce qu'aurait été ma vie si je n'avais pas été mère. Je n'en sais rien bien sûr, mais je devine qu'elle m'aurait beaucoup plus ressemblé, qu'elle aurait beaucoup plus été MA vie.

3 : Mais je ne regrette pas car ce que ta mère m'a apporté, c'est toi. Et c'est avec toi que j'ai appris à être mère, en plus grand. Ce doit être pour ça qu'on dit GRAND-mère. GRANDE-mère.

Bonnes vacances, Ma Sauterelle. Tu me manques. Mais j'aime ça, le manque de toi, il me remplit, comme de t'imaginer joyeuse au bord de la mer.

Ta Ninotte

L'usage de l'écran de télévision de l'appartement a rapidement cristallisé cinquante-deux ans de tensions entre ma mère et ma grand-mère en ce début de premier confinement, d'autant qu'il se trouvait en face du canapé sur lequel dormait ma mère, et donc au beau milieu de ce qui, de fait, était provisoirement sa chambre.

Ça a commencé par les chaînes d'information continue que ma mère aurait voulu regarder en boucle comme elle en avait pris l'habitude avec Patrick, quand tous deux se sentaient partie prenante du grand feuilleton de l'actualité. Mais Nino, qui, déjà en temps normal, ne regardait jamais les informations à la télévision, refusait de se laisser envahir par les chiffres quotidiens des morts et des hospitalisations liés à la pandémie. Elle ne s'informait qu'une fois le matin, à 8 heures, après son petit déjeuner, en écoutant le journal sur France Inter. Elle estimait que la répétition incessante des informations anesthésiait les téléspectateurs et auditeurs qui les consommaient sans plus aucune émotion ni réflexion à la manière d'une série, une sorte de récit parallèle, fenêtre déformante sur un monde dont ils devenaient les voyeurs et plus du tout les acteurs.

Puis est venu le sujet de Netflix, auquel ma mère était abonnée, et dont Nino ne voulait pas entendre parler non plus. Elle a lancé Je suis chez moi ici, et chez moi, personne ne regardera jamais Netflix ! On ne choisit pas un film comme des yaourts dans un rayon.

Ma mère s'en foutait bien, des films, mais était visiblement aussi dépendante aux séries qu'aux nouvelles instantanées du monde. Nino s'en est donné à cœur joie, et le sujet est devenu le prétexte à des disputes auxquelles je prenais bien garde de me mêler, par bonheur très occupée par la préparation des épreuves anticipées du bac dit en distanciel et par les réseaux sociaux sur lesquels la bande se déchaînait.

Nino détestait les séries et les rejetait toutes en bloc, avec une bonne dose de mauvaise foi. Ce qui explique que je n'en ai suivi aucune, me distinguant radicalement de mes camarades à qui elles fournissaient un sujet de conversation récurrent auquel je m'arrangeais tout de même pour prendre part. Je connaissais les titres, les sujets, les interprètes et le nombre de saisons d'à peu près tout ce qui était populaire auprès de ma génération ; le kit de survie dans les couloirs et la cour d'un lycée. Mais je faisais confiance à Nino – ou bien n'avais pas le courage, ni surtout l'envie de m'opposer à elle – quand elle affirmait que les commanditaires de séries appliquaient au monde du spectacle les recettes de celui de l'industrie pour transformer les spectateurs en cibles commerciales captives.

Un soir, particulièrement inspirée, Nino a déclaré Les cinéphiles sont des amoureux, les série-maniaques des consommateurs et des peine-à-jouir sur plusieurs saisons ! L'orgasme est cinématographique.

Nino arrivait toujours en avance au cinéma, pas par peur de ne pas avoir de place – ce temps-là était révolu depuis longtemps – mais pour être certaine que SA place, au beau milieu de SON rang, soit libre. Le plus souvent, nous étions les premières à entrer dans la salle, et j'aimais ça, comme d'être la première, à l'ouverture de la piscine, à briser le fil lisse de l'eau. Ne pas être positionnée au milieu de l'écran ou avoir quelqu'un qui s'asseyait pile devant elle alors qu'il y avait des places libres partout ailleurs pouvait lui gâcher un film.

Elle évoquait souvent le temps où « aller au ciné » était une expérience sociale, fondatrice pour les jeunes en manque d'images et surtout de liberté pour qui les films étaient des raccourcis vers l'âge adulte. Elle disait J'ai tout appris au ciné ! Un film, c'était quelque chose d'important. Ça comptait ! Même si on y allait seul, c'était un événement collectif : on faisait la queue, les salles étaient pleines, on vibrait tous ensemble sans se connaître et on sortait de la salle à la fin du film après avoir partagé quelque chose.

Nino regrettait aussi les courts métrages avant le « grand film », et les vendeuses (jamais un homme, visiblement !) de confiseries et glaces qui passaient entre les rangs chargées d'un panier ventral accroché autour du cou (elle honnissait le popcorn).

Je me souviens d'une longue tirade passionnée en présence d'Alain qui, même s'il était plus jeune qu'elle, avait connu la fin de cette époque et en partageait la nostalgie. Quelque chose comme C'était tout un monde ! Un spectacle avant même le début du film : les bandes de copains et de copines, les familles, les vieux qui trouvaient les jeunes trop bruyants, les solitaires, ceux qui attendaient la dernière minute pour aller aux toilettes et faisaient râler tout un rang à l'aller et au retour, les amoureux qui se tenaient la main et attendaient que les lumières s'éteignent pour se rouler des pelles. Tout le monde était excité, et tout le monde se taisait en même temps quand les lumières s'éteignaient, avec un mélange de soulagement et d'impatience, et là les visages se tournaient dans la même direction, les regards se levaient, les yeux brillaient de gourmandise… On était prêt à tout, on voulait tout : le rire, les larmes, la peur, la tension, le dégoût, la stupeur, la fascination, l'excitation, la révolte. La vie en plus grand, et le désir, le temps du film (et celui juste après d'ailleurs, quand il nous habite encore), d'être plus grand aussi. Se rendre au cinéma et attendre le film faisait partie du plaisir. J'adore les génériques du début, et je déteste cette mode récente d'attendre la fin du film pour écrire le titre et les noms des acteurs et des actrices. Un film sans générique, c'est comme un livre sans couverture, ou une maison sans perron : on y rentre sans y avoir été invité.

Moi, j'aime bien quand le titre du film n'apparaît qu'après sa dernière image, et que les quatre-vingt-dix minutes précédentes lui donnent un sens plus profond et puissant. Nous avons eu quelques discussions mouvementées à ce sujet, elle et moi, à la sortie du cinéma où, depuis qu'il n'y avait plus la queue, plus de court métrage ni de vendeuse d'esquimaux, Nino emmenait un roman pour patienter avant le début de la séance et pendant les publicités, ne levant les yeux qu'au moment des bandes-annonces, puis replaçant son marque-page avec un soupir d'aise quand, enfin, les lumières s'éteignaient dans la salle.

S'il lui arrivait d'aller au cinéma à Paris, le plus souvent pour des reprises, Nino voyait la plupart des films à Versailles, au Roxane, rue Saint-Simon.

Elle adorait parler de ses habitudes de cinéphile, des salles qu'elle avait fréquentées au cours de sa vie, et avait une telle tendance, les dernières années, à rabâcher que je suis capable de les citer presque toutes de mémoire, dates et adresses à l'appui. Je sais par exemple que le Roxane, ouvert dans les années 1980, a succédé au C2L, ex-Palace et Le Dauphin, où elle s'était régulièrement rendue, rue Jean-Houdon, pendant quinze ans.

Elle était aussi une habituée du Cyrano, le plus proche de ses domiciles successifs, qui, en 1972, de l'unique salle de plus de deux mille places en France, est devenu l'un des premiers cinémas multi-salles du pays. Personnellement, la salle A, entièrement décorée de rouge, était ma préférée. Sa forme circulaire me faisait penser à l'intérieur fantasmé d'une soucoupe volante.

Mais Nino avait fréquenté bien d'autres salles à Versailles, disparues aujourd'hui, dont j'ai retrouvé la trace dans un court texte qu'elle avait écrit je ne sais quand – mais après ma naissance puisque j'y suis citée – sur une feuille libre que j'ai retrouvée dans le tiroir de sa table de chevet.

Recopier un passage de ce texte me donne la même sensation apaisante (mais non dénuée de culpabilité) que lorsque j'allonge la liste des stars de cinéma puisée dans ma mémoire. C'est écrire sans prendre le risque d'écrire, à l'exact opposé des recommandations d'Emil Cioran qui aurait honte de moi s'il était encore de ce monde et que les premières pages de ce livre lui tombaient entre les mains.

« (…) Je n'ai jamais oublié l'ultime séance de L'Alhambra, impasse des Chevau-Légers, en 1969, avec *Le Bon, la Brute et le Truand*, de Sergio Leone. Dans les années 1950 et 1960, j'ai fréquenté assidûment Le Kursaal, à la même adresse que le Roxane d'aujourd'hui, spécialisé dans les westerns, les films d'aventures et d'épouvante. J'y avais récupéré l'affiche d'un festival James Bond, période Sean Connery (de loin mon 007 préféré) auquel j'avais assisté : *James Bond 007 contre Dr No*, *Bons baisers de Russie*, *Goldfinger*, *Opération Tonnerre* et *On ne vit que deux fois* en exclusivité. L'affiche, sous cadre, est toujours dans ma chambre. Il y avait eu aussi le cinéma Le Foyer, première salle à Versailles équipée d'un écran CinémaScope, où j'avais vu plusieurs fois *La Tunique*, de Henry Koster, avec Richard Burton, Jean Simmons et Victor Mature. Dix ans plus tard, en 70 mm, j'avais découvert *Cléopâtre*, de Joseph L. Mankiewicz, *Le Docteur Jivago*, de David Lean, *Paris brûle-t-il ?*, de René Clément et *La Mélodie du bonheur*, de Robert Wise, qui était resté à l'affiche huit semaines consécutives. Je me souviens que la salle avait fermé en 1969 avec un autre film de Wise : *Star!*, dont Julie Andrews tenait également la vedette. Entre 1957 et 1971, j'avais particulièrement aimé La Tannerie, rue du Maréchal-Foch, une salle de deux cents places qui avait été le rendez-vous des amateurs de cinéma d'art et d'essai de Versailles et où j'avais découvert Fellini, Bergman et Resnais, entre autres. À Porchefontaine, rue Coste, au cinéma Le Club, étaient programmés en reprise des films ayant eu du succès dans les autres salles, puis, dans les années 1970, dans le cadre d'un atelier-club, des cycles par réalisateurs. J'y ai vu, lors d'une séance en partie réservée aux scolaires, et donc pleine d'enfants turbulents, un film que j'ai beaucoup regardé ensuite avec Laura en VHS quand elle était petite, et dont elle écoutait en boucle la bande-son de Neil Diamond : *Jonathan Livingston le goéland*, de Hall Bartlett. Également en périphérie de Versailles, il y avait eu La Grange Saint-Antoine, au Chesnay, devenu le cinéma de Parly 2 au moment de la création du centre commercial du même nom, inauguré en 1969 par la projection de *Macadam Cowboy*, de John Schlesinger, à laquelle j'ai assisté, immédiatement sous le charme d'un Dustin Hoffman que, je l'avoue, j'avais manqué deux ans plutôt dans *Le Lauréat*, de Mike Nichols. »

Je peux poursuivre en mon nom cette histoire du cinéma à Versailles pour avoir vécu, en 2017 je crois, le passage des deux complexes restants, « mes » cinémas, le Cyrano et le Roxane, sous pavillon UGC en accord avec la famille Edeline, propriétaires et fondateurs historiques chez qui Nino était très fière d'avoir travaillé, dans les années 1980, faisant le ménage de leur grande maison de la rue Albert-Joly, qu'elle disait « aussi belle à l'intérieur qu'elle est moche du dehors ». A suivi la construction d'un UGC Cité Ciné, à la place du cinéma de Parly 2, au Chesnay, où Nino n'aimait pas aller, car elle fuyait les multiplexes et qu'il fallait prendre le bus. Marie-D. et moi l'y avons tout de même accompagnée, le 21 juin 2020, à la première séance du film *Un fils*, de Mehdi M. Barsaoui, pour fêter la réouverture des salles après le premier confinement. Une larme a dévalé sa joue quand les lumières se sont éteintes.

Depuis la mort de Nino, je redoute le mercredi, jour des sorties ciné. Il faisait office de dimanche, de jour pivot de la semaine, qui, pour elle, ne débutait vraiment qu'à la première séance ce jour-là.

Une certaine fébrilité apparaissait dès le mardi soir, et le mercredi, aussitôt levée – toujours une demi-heure plus tôt que les autres jours, sans l'aide d'un réveil –, pendant que passait le café, Nino se concentrait sur la programmation des salles où elle avait ses habitudes, son emploi du temps pour les sept jours à venir.

Elle était à peu près nulle en informatique mais je lui avais donné une formation de base (intense et qu'il fallait régulièrement renouveler tant les acquis étaient volatiles) sur l'utilisation d'AlloCiné et des quelques sites où l'on louait des films en VOD. Toutes les manipulations à effectuer étaient compulsées dans un petit carnet grâce auquel, laborieusement, elle parvenait à visionner quotidiennement des bandes-annonces et, le mercredi matin, à consulter les critiques et les étoiles des sorties du jour. Elle était aussi abonnée aux versions papier de *Première* et des *Cahiers du cinéma* depuis des décennies et ne manquait jamais *On aura tout vu* sur France Inter le samedi matin.

Le mercredi, pendant le petit déjeuner, elle me soumettait son programme, déjà reporté sur son agenda mural auquel j'ajoutais des petites croix en couleur aux séances où je voulais l'accompagner. Après mon départ en cours, chaque mercredi matin, elle appelait Alain pour confronter son planning au sien.

Depuis qu'elle était à la retraite, elle voyait en salle entre cinq et huit films par semaine, reprises comprises, dont à peu près la moitié en compagnie d'Alain, son « ami de cinéma » depuis leur rencontre à la sortie de *Festen*, au Roxane, fin 1998. Moi deux, parfois trois quand elle m'accompagnait revoir un film qu'elle avait particulièrement aimé et qu'elle ne voulait pas que je manque.

Plus jeune, jusqu'en cinquième, il m'est arrivé d'aller au cinéma tous les après-midi pendant les vacances scolaires, même sans Nino quand elle faisait des heures à droite et à gauche, et souvent avec Marie-D. qui passait beaucoup de temps chez nous, ce qui la reposait de sa maison pleine de frères et de sœurs.

À partir de treize ans, Marie-D. est beaucoup moins venue à la maison, et je prends conscience, là, à l'instant, en écrivant ces mots, qu'il y avait certainement une raison à cela. Comment est-il possible que je n'aie pas compris plus tôt que ses parents, faute d'être parvenus à la mettre dans le privé, ont fait en sorte de bourrer l'emploi du temps de leur fille, surtout pendant les vacances, d'activités diverses et souvent éloignées géographiquement pour s'assurer qu'elle passerait moins de temps avec moi ? Moi la copine sans mère, moi élevée par une femme de ménage, mais surtout par une vieille gouine ! Les cons !... C'est tellement évident soudain ! Mais quelle bande de connards ! Ils avaient peur de quoi ? Que je pervertisse leur fille une fois la puberté venue ? Que je la dévie du « droit chemin » de l'hétérosexualité ? Aucun risque, même si cela avait été mon intention, ou plutôt mon désir : Marie-D. a toujours été obsédée par les mecs. Et par le sexe. Domaine pour lequel elle était plus précoce que moi (elle avait couché pour la première fois la veille de ses quatorze ans et collectionnait depuis les aventures purement physiques jusqu'à Pierrick). C'est elle qui m'a tout appris !

Mais pour revenir au cinéma, plus que seule, en bande ou avec Marie-D. – je ne parle pas de ma mère car je ne suis jamais allée au cinéma avec elle, pas une seule fois –, c'est avec Nino que je préférais aller voir les films. Et, par-dessus tout, que j'aimais parler des films à la sortie des séances. Il nous arrivait aussi, plus rarement, de ne rien en dire jusqu'à la maison quand les mots nous manquaient, empêchés par l'émotion et que nous marchions encore habitées par les personnages, les images et la musique, en état d'hypnose. La plupart du temps, Nino donnait son sentiment dès nos premiers pas dans la rue, quand on plisse les yeux, éblouies par la lumière du jour pour les séances du matin ou du début d'après-midi, ou quand on remonte son col pour celles de la nuit. Mes préférées ont toujours été celles de la fin d'après-midi, quand on rentre au cinéma de jour et qu'on en ressort de nuit, avec la sensation d'avoir basculé dans une autre dimension.

Nino m'a dit une fois Tu as remarqué comme quand on sort du ciné, on lève la tête ? Surpris par la lumière ou par la nuit, par la pluie ou le froid, on regarde toujours vers le ciel, vers le haut.

Qu'elle ait aimé ou non le film, son analyse était toujours bien plus pertinente que la mienne, précise, tranchante, éclairante et nourrie de sa connaissance encyclopédique de l'histoire du cinéma. Seul Alain pouvait rivaliser avec elle, et ne s'en privait pas, Nino et lui adorant se défier sur le terrain de leur cinéphilie.

Le Cyrano, surtout, mais aussi le Roxane, étaient proches à pied de la maison. C'étaient mes minutes – un peu plus chaque année, Nino marchant de moins en moins vite – préférées, durant lesquelles, souvent, grâce à ce qu'elle avait vu dans le film qui m'avait échappé, je comprenais pourquoi j'avais aimé ou non.

Une fois à la maison, Nino se précipitait sur le carnet dans lequel elle notait tous les films vus, au cinéma ou à la télévision (au stylo à bille bleu pour les premiers, noirs pour les seconds) : titre, réalisateur ou réalisatrice, année et pays de production, principaux interprètes, et sa critique – sous la forme d'astérisques, entre 0 et 5 – suivie d'une phrase ou deux de commentaire.

Elle avait rempli des milliers de ces « carnets de films » depuis son adolescence, de son écriture soignée d'écolière, qu'elle illustrait de photos de stars découpées dans les journaux et les magazines.

Ils sont tous dans une armoire. Toute mon enfance j'ai adoré m'y plonger, pouvant y passer des heures. Je n'en ai pas ouvert un seul depuis la mort de Nino. C'est au-dessus de mes forces.

Comme il m'est douloureux, chaque mercredi matin, de sortir du lit.

Ma mère me dit Elle a vieilli ta grand-mère, Emma.

Je réponds Pas Emma, Laura. Je ne m'appelle pas Emma.

Ma mère soupire, hausse les épaules.

J'ajoute Et puis oui, Nino, elle a vieilli, de quatre ans depuis la dernière fois que tu t'es souciée d'elle.

Non mais je ne la trouve vraiment pas en forme. Diminuée physiquement, mais pas que. Elle a des problèmes de mémoire, non… ?

C'est une femme âgée. T'inquiète, je gère.

À ton âge, tu as autre chose à faire que de t'occuper d'une vieille dame, non ?

Je fais plein d'autres choses. Et puis je ne m'occupe pas d'elle, je vis avec elle. On s'occupe l'une de l'autre, tu peux pas comprendre.

Je n'ai pas dit à ma mère que Nino était tombée deux fois les trois derniers mois. La première, elle s'était relevée toute seule pendant que j'étais au lycée et ne m'avait rien dit, ne me l'avouant que la seconde, quand je l'avais retrouvée dans la cuisine, où elle avait passé cinq heures sur le carrelage, incapable, cette fois, de se remettre seule sur ses pieds ni d'atteindre les morceaux de son téléphone portable qui s'était disloqué pendant la chute.

Le type de SOS Médecins que j'avais tenu à appeler a voulu l'envoyer à l'hôpital pour faire des analyses. Elle a refusé et lui a promis-juré de les faire plus tard, fourrant l'ordonnance à la poubelle dès son départ.

Bien sûr, Nino vieillissait.

Et moi je grandissais, et remarquais de plus en plus lucidement les signes de son déclin. Nino n'était plus la femme infatigable qui avait enchanté ma petite enfance. Je n'étais plus la petite fille qui la vénérait aveuglément. Oui, il y avait des jours où cela me pesait de partager ma vie avec une femme devenue vieille. Ou plutôt avec Nino devenue vieille. Je ne pouvais m'empêcher de m'attarder sur ce qu'elle ne parvenait plus à faire, sur ce qu'elle comprenait moins vite, sur ce qu'elle oubliait ou bien répétait, de noter qu'elle parlait toute seule, ou bien portait des vêtements tachés, soit par flemme d'en changer, soit parce qu'elle n'en remarquait pas les souillures qu'elle se faisait en mangeant. Il m'arrivait de m'agacer, de me montrer impatiente, de relever une hésitation, une maladresse, une marotte, ou de secouer Nino inutilement, et en vérité cruellement puisque je savais que c'était inutile. Cette irritabilité était en grande partie de l'anxiété. Une forme d'amour, aussi, un peu merdique et égoïste, comme parfois l'amour.

Constater que Nino vieillissait induisait bien sûr l'idée de sa mort, événement qui me terrifiait, d'autant que beaucoup de mes amis, à commencer par Marie-D., avaient déjà perdu un ou deux grands-parents. C'était dans l'ordre des choses, et le décès d'une grand-mère ou d'un grand-père était souvent le premier contact réel d'un enfant avec la mort, une épreuve formatrice. Sauf que moi, ma grand-mère était aussi ma mère et mon père. Elle était mon monde. Pourtant il m'arrivait, très furtivement et avec culpabilité, d'envisager la mort de Nino non pas comme une délivrance, mais tout de même tel le début de quelque chose.

Elle affirmait ne pas avoir peur de partir. Elle disait que c'est à ça que sert la vieillesse, à ne plus avoir peur de mourir tant il devient difficile de vivre. À quoi, une fois, elle a ajouté Quand même, quelque chose qui m'embête, dans la mort, c'est tous les films que je ne pourrai pas voir.

Peut-être qu'à la veille du premier confinement, Nino et moi idéalisions cette cohabitation à temps plein forcée et inédite ? Aurais-je fini par ne plus supporter le bruit traînant de ses savates sur le parquet, le remugle de sa chambre qui commençait à contaminer le reste de l'appartement, les douleurs dont elle se plaignait, sa digestion de plus en plus difficile, ses gestes de plus en plus lents et maladroits, ses mains qui tremblaient… ?

L'irruption de ma mère nous a probablement évité des moments compliqués et nous a rapprochées encore, soudées par le front douillet et grisant d'hostilité que nous lui avons opposé.

Pendant que Marie-D. – dont les frères aînés déjà installés ainsi que les grands-parents encore de ce monde s'étaient confinés sous le toit familial (grand, par bonheur) de la rue de l'Ermitage – menaçait, au choix, de basculer dans le burn-out ou dans la tuerie de masse, instinctivement, nous avons eu besoin d'instaurer des rituels pour traverser cette période si singulière.

Quand je dis « nous », je devrais écrire « Nino », car c'est elle qui avait donné le tempo qu'il ne me serait pas venu à l'idée de contester. Avec le recul, je m'interroge sur cette docilité à un âge où l'on est censé être rebelle. Avais-je accepté l'organisation imposée par Nino parce que je savais pertinemment qu'elle avait depuis toujours intégré mon bien-être à la moindre de ses réflexions et décisions, ou bien parce que l'éducation qu'elle m'avait donnée, et les habitudes et les goûts qu'elle m'avait inculqués, m'avait fait rentrer dans *son* moule ? Troisième hypothèse :

je m'étais glissée dans l'emploi du temps « spécial confinement » de Nino comme dans des chaussons parce que je devinais qu'il avait été en partie conçu pour contrarier ma mère. Car pour le coup, Nino, ou plutôt « nous », cette fois, ne lui avions pas demandé son avis, sous-entendant qu'elle n'avait qu'à s'adapter ou bien partir. Et comme partir était censé être interdit par l'état d'urgence… !

Donc : heure des repas précise, de nos promenades, jours et heures où je sortais faire les courses… Et un film ensemble par jour en semaine, à 20 heures, avec un esquimau une fois le film lancé (j'avais récupéré frénétiquement les six dernières boîtes du rayon surgelé dévasté le matin même du début du confinement), deux ou trois le samedi et le dimanche (mais un seul esquimau par jour).

Le mercredi, un film le plus récent possible et que ni Nino ni moi n'avions vu au ciné, en VOD, pour singer « les sorties du mercredi ». Le jeudi, en VOD, DVD ou VHS (Nino bichonnait son vieux magnétoscope comme d'autres leur « tourne-disque », et j'aimais l'image et le son pourris de ces cassettes comme d'autres, en musique, ne jurent que par le vinyle qui gratte !), un film du Nouvel Hollywood, période que je connaissais mal, bien plus calée dans « l'âge d'or » des grands studios américains. Le vendredi était réservé aux comédies musicales, toutes époques et tous pays confondus. Chaque week-end était consacré à des cycles tels que *Le Parrain*, les Marx Brothers, Antoine Doinel, la trilogie marseillaise, celle de Cédric Klapisch et de Denys Arcand, *L'Avventura*, *La Nuit*, *L'Éclipse* et *Le Désert rouge* d'Antonioni, les *Indiana Jones* (je ne suis pas parvenue à imposer les *Harry Potter* dont Nino avait fait une indigestion entre mes huit et douze ans, quand j'en étais folle, allant jusqu'à porter des lunettes rondes alors que j'ai une excellente vue)… Le lundi, c'était un film en noir et blanc, parfois muet, et le mardi un incontournable du cinéma français.

Le cinéma était notre rempart, notre bulle sanitaire contre la pandémie qui semait la mort tout autour sans pour autant, à l'inverse des « vagues » qui allaient suivre, que nous connaissions personnellement la moindre personne malade. C'était étrange, parfaitement sidérant, et les actrices et les acteurs, les personnages, les histoires, les musiques, les génériques, la couleur et peut-être encore plus le noir et blanc, les ellipses, les fondus enchaînés ou au noir, les travellings, les gros plans, les plans-séquences et les nuits américaines, nos rires et nos larmes devant l'écran tenaient à distance le monde extérieur devenu méconnaissable et hostile. Le cinéma, cette extension à la vie qui nous était si intime depuis toujours, dont nous connaissions les grandes scènes et les dialogues marquants, l'histoire, les courants, les évolutions, une sorte de géographie et d'architecture fictionnelles dans lesquelles nous avions si souvent cheminé, où nous avions des souvenirs, des habitudes, des automatismes, était pour nous deux un monde en soi. Notre métavers. Nino s'y serait volontiers immergée pour de bon, traversant l'écran dans le sens inverse de Tom Baxter dans *La Rose pourpre du Caire*. J'ai vu une bonne dizaine de fois ce Woody Allen dans lequel Cecilia, la jeune serveuse cinéphile, me fait penser à Nino pour qui le cinéma a toujours été une alternative au réel. Peut-être bien plus réel que le réel.

Nino, bien sûr, regardait d'autres films que ceux de 20 heures ou des week-ends, sur l'écran, plus petit, de sa chambre, un casque Bluetooth sur les oreilles quand, de mon côté, je suivais péniblement mes cours à distance.

Ma mère visionnait des séries sur son téléphone portable, et je lui ai proposé de le faire sur ma tablette, ce qui lui a visiblement fait plaisir. Elle envoyait aussi beaucoup de messages dont elle guettait fébrilement les réponses. Le temps était incroyablement beau – le ciel d'un bleu parfait sans la moindre traînée d'avion –, et elle sortait téléphoner dans la cour de l'immeuble pour ne pas me déranger dans mes révisions, me disait-elle, ou peut-être tout simplement, pour que nous ne l'entendions pas.

Après quelques jours de flottement durant lesquels elle ne savait pas trop où se mettre, et au prix de visibles efforts pour nous être agréable, elle a fini par s'intégrer au rythme de vie que nous lui imposions. Elle m'a rapidement proposé de se charger des courses, ce qui n'était pas une mince affaire en temps de Covid. À son retour, Nino l'aidait à laver au liquide vaisselle les fruits, les légumes et les emballages comme il était conseillé de le faire on ne savait trop par qui pour garder le virus en dehors de l'appartement. De même, comme tous nos voisins, là encore sur recommandation officieuse devenue virale sur les réseaux sociaux, nous laissions nos chaussures sur le palier.

Ma mère s'est mise à préparer les déjeuners. Le soir nous nous contentions de grignoter rapidement avant le film. Elle cuisinait très bien, ce qui était nouveau. Pendant ces repas, Nino et elle, qu'elles discutent calmement, se chamaillent, se disputent ou même se taisent, communiquaient dans une langue que je ne connaissais pas. Celle, comme pour toute mère et toute fille, j'imagine, apprise durant des années de vie commune. Je remarquais aussi chez ma mère des manies, des tournures de phrases et des gestes hérités de Nino, que je reconnaissais d'autant plus facilement que j'en avais moi-même naturellement intégré une partie. C'était nos seules ressemblances, à ma mère et moi.

Je me sentais exclue face à cette résurgence de leurs automatismes et souvenirs. Et j'en étais jalouse. Alors je dégainais nos codes à Nino et moi à la moindre occasion, en rajoutant sur nos habitudes, nos manies, nos petits riens que seules elle et moi pouvions partager et comprendre. Tout ce qui pouvait rappeler à ma mère qu'elle n'avait jamais eu sa place entre Nino et moi. Et surtout auprès de moi.

Le soir, ma mère ne regardait pas toujours le film avec nous, ou seulement le début. Souvent, au bout d'une quinzaine de minutes, elle disait Je l'ai déjà vu ! et nous laissait pour aller téléphoner ou pour regarder Netflix. Elle avait vu tant de films pendant sa jeunesse qu'elle en avait fait un rejet. Un jour elle m'a demandé T'en as pas marre, toi, du cinéma ? J'ai répondu Non, jamais. Et je me suis rendu compte en affirmant cela que la question ne s'était jamais posée. Aller au cinéma, regarder un film, c'était comme manger, boire ou marcher. La chose la plus naturelle du monde. Je ne pouvais pas imaginer la vie autrement que rythmée par les films.

J'ai demandé Et mon grand-père, il aimait ça, le cinéma ?

Nino a répondu Non, pas du tout ! J'allais seule au ciné, et c'était très bien comme ça.

Seule et un paquet de fois avec moi quand même ! a ajouté ma mère. Je me demande combien de films tu m'as traînée voir quand j'étais gamine !

Je peux te le dire ! a répondu Nino. Il suffit que je ressorte mes carnets. Je notais quand on y allait ensemble.

Ma mère a dit Ah non merci, pitié, pas tes carnets !

Cette réaction a vexé Nino. Elle l'a blessée, même, je crois. Je l'ai vue hausser les épaules et, sans agressivité, voire avec un soupçon de tristesse, répliquer Je voulais te montrer de belles choses quand tu étais petite, c'est tout ! T'emmener au ciné, c'était comme t'emmener au musée, ou à la mer…

Nino, qui n'avait jamais aimé les promenades, ni marcher si ce n'était pour aller au cinéma, s'est forcée à sortir chaque matin au début du confinement parce que c'était son droit. Son dû. Mais au bout de deux semaines, elle ne s'aventurait plus dehors qu'un jour sur deux, puis a fini par ne plus quitter du tout notre appartement.

Les premiers temps, je générais mes attestations de sortie sur mon portable. Marie-D., elle, les remplissait sur une feuille, et au crayon de papier (elle était très écolo et refusait d'imprimer plusieurs feuilles par jour), en changeant l'heure et la date pour pouvoir sortir autant qu'elle en avait envie chaque jour alors qu'en temps normal, elle était résolument casanière. Depuis l'école primaire, elle avait toujours été très inventive en matière de tricherie, avec notamment des antisèches à l'ancienne, sur papier, mais très perfectionnées, qu'une fois rédigées d'une écriture miniature, elle coloriait de la teinte des tables de classe, en mode camouflage. Elle mettait tellement de temps à les élaborer que je lui affirmais qu'elle aurait plus vite fait de réviser ses cours. Mais la tricherie lui importait plus que l'efficacité, la transgression, et certainement le risque de se faire prendre par les profs. Sans doute parce que sa vie de famille, bien que bruyante et bordélique en raison du nombre de protagonistes, était terriblement sage et cadrée par ses parents très « vieille France ». Alors Marie-D., hors de chez elle, avec ses tenues et ses coiffures de « petite fille modèle », jurait, crachait, trichait, volait, picolait, fumait et couchait à la moindre occasion.

Notre zone de un kilomètre autorisé ayant officiellement cent mètres en commun – mais bien plus grâce au caractère rebelle de mon amie –, nous nous sommes vues quotidiennement lors de mon heure de sortie matinale. Marie-D. a eu du mal à admettre que je refuse qu'elle monte à l'appartement et que je nous impose les gestes barrières, non par peur pour moi-même, mais pour Nino, qui était une « personne à risque », comme on nous le répétait du matin au soir.

Marie-D. souffrait bien plus que moi d'être coupée de l'extérieur, peut-être justement parce que son intérieur était trop peuplé à son goût, le regroupement familial pour le confinement l'obligeant de nouveau à partager sa chambre. Et puis Pierrick, qui habitait à l'autre bout de la ville, lui manquait, comme elle m'en a fait l'étonnant aveu. Étonnant tant elle s'était toujours défendue de s'attacher à ses nombreuses conquêtes. Deuxième record pour Pierrick, après celui de la longévité. Mon amie était-elle en train de tomber amoureuse même si elle m'affirmait le contraire… ?

Trois semaines après son arrivée, ma mère m'a prise par surprise à mon retour de ma promenade du matin en me disant Ça t'embêterait qu'un jour, on sorte ensemble ?

De ce jour, refusant de renoncer à mes balades avec Marie-D. – dont les anecdotes de confinement à onze et la sexualité en visio avec Pierrick composait un feuilleton dont je ne voulais manquer aucun épisode –, je me suis mise, moi aussi, à remplir des attestations papier, et à sortir deux fois par jour.

Lors de notre première sortie en commun, à 17 heures, ma mère et moi avons marché boulevard de la Reine où, déjà, la végétation, libérée de l'intervention des jardiniers municipaux, prenait ses aises, et les oiseaux s'enhardissaient, donnant l'impression de chanter plus fort que les années précédentes.

Les quelques hommes que nous croisions ne pouvaient s'empêcher de regarder ma mère qui n'y prêtait en apparence aucune attention, habituée à être belle, et qui m'a bombardée de questions sur le lycée, mes notes, mes projets, mes amis, mes potentiels petits amis. J'ai pensé, à tort ou à raison, qu'elle s'en foutait bien de mes réponses et qu'elle ne m'interrogeait que pour avoir l'air de s'intéresser à moi.

Je répondais par des phrases courtes, avec le moins de détails possible.

Des questions, j'en avais moi aussi, des wagons, mais par une sorte de bouderie, ou alors parce que je me doutais bien que ma mère aurait aimé que je lui en pose, je les gardais pour moi.

Sauf une, à la fin de cette première promenade ensemble – qui, outre le kilométrage, avait aussi débordé en temps sur les soixante minutes légales. Au moment de rentrer dans l'immeuble, j'ai demandé T'as des affaires quelque part, ou bien juste ton sac de voyage… ?

Façon déguisée de demander De quoi tu vis ? Qu'est-ce que tu fais dans la vie ? Pourquoi tu ne télétravailles pas comme tout le monde… ?

Ma mère m'a répondu qu'elle était locataire d'un appartement à Angers.

Ah bon ? Alors pourquoi t'es là ? Pourquoi t'es venue te confiner ici ?

Elle m'a regardée bien dans les yeux et m'a dit D'après toi… ?

Mon cœur a fait un bond.

Je n'ai rien répondu.

Petit à petit, cette sortie commune l'après-midi s'est muée en habitude. Les premiers jours, ma mère me demandait si ça ne me dérangeait pas, puis c'est devenu un rendez-vous, et nous nous retrouvions sans avoir eu à nous concerter à 17 heures dans la cage d'escalier, mon attestation papier rédigée au crayon dans la poche.

Un après-midi, vers 16 heures, ma mère a reçu un coup de téléphone et s'est précipitée dans la cour pour répondre. La conversation a duré près de cinquante minutes, à l'issue desquelles elle est remontée et m'a dit de sortir seule car elle ne se sentait pas très bien. J'en ai été déçue, et furieuse de l'être. Encore plus de me trouver ensuite désœuvrée dans la rue, au point d'envoyer un message à Marie-D. pour qu'elle me rejoigne alors que nous nous étions déjà vues le matin.

Pourtant, lors de nos promenades, après la première durant laquelle ma mère avait été si bavarde, nous nous contentions de marcher sans presque jamais échanger un mot. Parfois, tout de même, ma mère évoquait un souvenir à Versailles, la ville où elle aussi avait grandi, en passant devant un immeuble où elle avait eu une copine, ou bien une salle où elle avait pris des cours de danse.

Un jour elle m'a demandé Comment ça se passe avec tes copains versaillais… ? Je l'ai regardée sans répondre, et elle m'a dit C'est quand même des gens à part, non… ? J'ai haussé les épaules, répliquant Toi aussi t'es versaillaise… ! Non, elle a dit, je suis née à Versailles, ce n'est pas du tout la même chose.

Je voyais bien qu'elle tournait autour du pot. Enfin elle a lâché T'as jamais eu de réflexions à propos de ta grand-mère ?

Son travail, tu veux dire ?

Ben oui. Moi, en plus, j'avais une copine, au collège, Marie-Pauline de je-sais-plus-trop-quoi, qui habitait l'immeuble où ta grand-mère était concierge… !

Je me suis alors souvenue que Nino m'avait expliqué, une fois, qu'elle avait refusé de travailler chez les parents d'une copine de sixième pour ne pas me gêner. J'avais répondu Mais ça me gêne pas, et ses parents ils s'en fichent que tu sois femme de ménage ? À quoi elle m'avait répliqué Non, ils ne s'en fichent pas, ils sont trop bien élevés et bien trop cathos pour le montrer, c'est tout.

Au souvenir de jeunesse de ma mère j'ai répondu Et ça te gênait ?

Bien sûr ! J'avais quatorze ans… ! Et puis il arrive toujours un moment où on a honte de ses parents, non ?

J'ai hésité, très peu, entre ne pas répondre et lancer Comment tu veux que je sache ?!

La vacherie a porté, même plus qu'attendu, comme je l'ai immédiatement constaté à la crispation qui s'est emparée du visage de ma mère. Alors, comme si je pouvais l'effacer, ou tout du moins l'atténuer, la diluer, j'ai tout de suite enchaîné par Petite, je ne faisais pas attention du tout aux noms à rallonge d'une partie de mes copains, à leurs prénoms bizarres ou à la taille des apparts ou des maisons de leurs parents… C'est ado que j'ai compris qu'on était différentes, Nino et moi. Je me souviens, par exemple, d'une fois où Marie-D. m'a fait entrer en douce dans le bureau de son père pour me montrer l'arbre généalogique sur lequel il passait toutes ses soirées, un truc plus long que le programme d'histoire du CM1 jusqu'au bac… ! Mais j'ai jamais eu de réflexions, je n'ai jamais senti de jugement ni rien. Et puis en fait, j'étais plus gâtée que les autres ! Avec Nino, j'avais les fringues que je voulais, l'argent de poche que je voulais, le modèle de téléphone que je voulais alors qu'un paquet de mes copines et de mes copains à particule devaient faire le siège de leurs parents pour avoir un forfait Internet juste à peu près décent !! Leurs parents avaient des grands apparts, des maisons à la mer, beaucoup d'enfants mais aussi beaucoup de principes et vachement de mal à lâcher leur pognon… ! Du coup j'ai toujours été une fille plutôt populaire, du CP jusqu'à aujourd'hui…

Ma mère a dit Tant mieux, d'une voix qui trahissait l'effort qu'elle devait faire pour digérer ma vacherie. Les temps changent, même à Versailles… !

De toute façon, j'ai repris, je pense que je suis toujours un peu passée pour une extraterrestre ! Pas à cause du boulot de Nino, mais, déjà, parce que j'avais ni père ni mère. Enfin… visibles, je veux dire. Présents. Et puis aussi à cause de mes goûts différents. Surtout ma connaissance encyclopédique du ciné, tous ces films en noir et blanc, et même parfois muets que j'ai vus et aimés et dont, avec ma foutue hypermnésie, je connais les dates de sortie, le nom des réalisateurs ou réalisatrices, des interprètes principaux que mes copains et mes copines ne connaissent même pas, les musiques de films que j'écoute en boucle à la place des groupes à la mode… Et je parle même pas du fond d'écran de mon portable, regarde… James Stewart et Margaret Sullavan dans…

The Shop Around the Corner, m'a interrompue ma mère. Moi aussi j'aime ce film.

J'ai senti aussitôt une boule d'émotion qui s'est formée au creux de mon ventre. Ma mère et moi avions-nous déjà partagé un goût commun ? Je n'en étais pas certaine. J'espérais que le trouble qui m'avait prise par surprise ne passe pas dans ma voix.

Et je parle même pas de ma sonnerie ! j'ai continué. Les premières notes de l'intro de *Cheek to Cheek*, la version du film avec Fred Astaire et Ginger Rogers…

J'ai laissé un blanc, espérant inconsciemment que ma mère allait le combler en citant *Top Hat*, le titre du film de 1935, réalisé par Mark Sandrich, mais non. Alors j'ai conclu Tout ça me rend bizarre, et donc intéressante, faut croire. Et puis j'ai toujours beaucoup plu aux profs, aussi ! Ça les rassure, les jeunes qui ont des goûts de vieux… !

Ma mère a souri à cette réflexion, et j'ai eu conscience que je prenais plaisir à cette conversation, qui était probablement la première réelle conversation que nous avions, elle et moi, en tout cas depuis que je n'étais plus une enfant.

Moi aussi j'étais différente, mais ça passait moins bien, a-t-elle poursuivi du ton de la confidence. Je voulais ressembler à mes copines, me fondre dans la masse, mais même avec leurs fringues merdiques de communiantes, j'étais bien trop belle. J'ai été trop belle et trop sexy bien trop tôt, et en fait, c'est pas facile du tout à porter. Tu ne peux pas savoir (tiens ! une vacherie en retour de la mienne, peut-être ?) à quel point c'est une charge. Pas d'être jolie, mais d'être vraiment belle ! Ça isole. Les autres ne se comportent pas normalement avec toi, hommes ou femmes, d'ailleurs… ! Et puis oui, ta grand-mère n'était pas une mère comme les autres. Les trois quarts des mères de mes copains ne bossaient pas et avaient tout le temps de s'occuper d'elles, elles n'avaient même que ça à foutre, alors que ta grand-mère... Moi, j'aurais juste voulu que ma mère soit aussi bien coiffée que celles de mes copines et qu'elle porte des fringues sophistiquées, pas des gants en caoutchouc... Et puis qu'elle soit à la sortie de l'école, aussi, et aux spectacles de fin d'année plutôt qu'au ciné.

C'était la première fois que ma mère faisait allusion à la mère qu'avait été Nino, et en la voyant scruter ma réaction, j'ai compris que toute cette conversation n'avait eu pour but que de parvenir à me signaler que ma grand-mère adorée, à qui je ne voyais que des qualités, n'avait pas été, elle non plus, une mère exemplaire.

Un jour, alors que je rentrais de mon heure de sortie avec ma mère, Nino m'a dit Ça à l'air d'aller, toutes les deux ?

Je ne sais toujours pas si elle a dit cela pour s'en réjouir ou bien comme un reproche. Je me souviens en revanche que je me suis contentée de hausser les épaules en levant les yeux au ciel, l'air de dire Tu parles !

Un autre après-midi, rue du Maréchal-Foch, avec ma mère, nous avons rencontré Alain, qui, bien que ne l'ayant jamais vue, l'a tout de suite reconnue et s'est exclamé Ève ?! C'est fou comme vous avez les yeux de votre mère… ! Elle me parle si souvent de vous.

Ma mère en a été autant surprise que moi, mais n'en a rien montré et a répondu Elle aussi elle me parle souvent de vous.

C'était faux, bien sûr, ne serait-ce que, de façon très pragmatique, parce que ma grand-mère ne pouvait parler souvent de quoi que ce soit avec sa fille tant elle la voyait rarement !

Ça m'avait fait drôle d'entendre le prénom de ma mère, que Nino n'utilisait jamais, se contentant de l'appeler « ta mère » quand elle me parlait d'elle.

J'adorais ce prénom, que je trouvais mystérieux et lointain, parfaitement adapté à ma mère. Et puis *Ève*, ou *All*

About Eve en VO, était l'un des films de chevet de Nino, que j'avais vu plusieurs fois, et auquel j'avais un rapport particulier simplement parce que son titre me faisait penser à celle qui n'avait jamais été là. Film de 1950, réalisé par Mankiewicz, l'un de nos chouchous, avec Anne Baxter dans le rôle-titre, mais surtout Bette Davis, dont la beauté sulfureuse, inconfortable, même si elle n'avait rien à voir avec celle, tellement plus puissante, de ma mère, m'évoquait en revanche le rapport ambigu que je lui portais.

Mais je me rends compte que je n'ai rien écrit encore, ou presque, sur Alain. J'ai l'impression de partir dans tous les sens, et ce n'est sans doute pas qu'une impression ! C'est certainement parce que j'attrape au passage tous les prétextes pour ne pas avancer vers ce que je dois dire, ce que j'ai si peur, et si besoin en même temps, d'écrire.

Et donc : Alain a quinze ans de moins que Nino. Comme ils adoraient tous les deux me le raconter – et Alain a remis ça auprès de qui voulait bien l'entendre durant les obsèques de Nino –, ils s'étaient rencontrés le 24 décembre 1998, au Roxane, à la séance de 19 h 30 de *Festen*, de Thomas Vinterberg. Ils étaient deux dans la salle ! En même temps, qui a envie, un 24 décembre, de voir un film sur une fête de famille qui vire au règlement de comptes quand l'un des enfants révèle les actes incestueux de son père… ?

Nino et Alain s'étaient déjà vus à de nombreuses reprises sans se parler, toujours au cinéma, mais cette fois,

Alain a abordé Nino à la fin du film, une fois les lumières rallumées.

Il lui a dit Joyeux Noël !

Ah oui, c'est pourtant vrai ! a répondu Nino.

Alain, si je me souviens bien, habitait à l'époque rue Rameau, à moins de cinquante mètres du Cyrano. Seul après un divorce qui s'était mal passé. Il avait une fille qui vivait à Montpellier.

Le film ayant été projeté au Roxane, Alain et Nino étaient rentrés ensemble à travers les rues désertes et décorées pour Noël, échangeant avec passion leur point de vue sur le film, puis sur *Central do Brasil*, de Walter Salles, qu'ils avaient vu deux semaines avant, assis à deux rangs d'intervalle, et sur *En plein cœur*, de Pierre Jolivet, deux jours plus tôt, toujours à la même séance et aux mêmes places, Alain ayant coutume de se mettre au milieu lui aussi, mais deux rangs derrière Nino.

Quand ils sont arrivés boulevard de la Reine, Alain avait dépassé sa propre rue, pris par le feu de la conversation, Nino l'a invité à la suivre dans sa loge et lui a fait des pâtes au thon trop cuites en guise de réveillon, suivies de glaces, le congélateur n'en manquant jamais tant elle les aimait, comme tout ce qui était sucré. Ils se sont séparés à 3 heures du matin, n'ayant pas cessé un seul instant de parler cinéma.

Après quoi ils y sont allés ensemble le plus souvent possible, faisant chacun un pas vers l'autre pour adopter le rang médian à leurs habitudes.

Quelques années avant mon arrivée, en 2001, Alain lui a présenté Isabelle, sa fille, qui faisait des études de psychologie et voulait se spécialiser dans la PJJ, la Protection judiciaire de la jeunesse. Elle s'intéressait aussi à une catégorie d'enfants à haut potentiel intellectuel et émotionnel que, quelques années plus tard, on appellerait des « zèbres ». La rencontre se déroulait chez Alain, qui n'était pas plus doué que Nino pour la cuisine mais qui avait acheté un paris-brest car il savait que c'était son gâteau préféré.

Quand Nino m'a raconté la soirée, elle m'a dit avoir subi un véritable interrogatoire. Isabelle lui a fait raconter son rapport à ses parents, sa scolarité chaotique puis son entrée dans la vie professionnelle et affective.

Suite à quoi Nino a pris rendez-vous chez une psychiatre que lui avait recommandée Isabelle, et qui, en quatre séances, lui a confirmé qu'elle avait un QI au-dessus de la moyenne, mais surtout un QE, quotient émotionnel, qui crevait les plafonds. Hypersensibilité, empathie exacerbée, hyper-susceptibilité et incapacité à dire non de peur de déplaire aux autres tant son besoin de reconnaissance est grand. Le tout ficelé par une surefficience mentale gratinée alliée à une hypermnésie dont j'ai moi-même hérité.

Nino m'a dit Je suis sortie de là sidérée ! Je pensais que tout le monde réfléchissait comme moi, tout le temps, à toute vitesse, jour et nuit, sans un instant de repos ! Que tout le monde avait le cerveau en ébullition ! Et, avec le temps, j'ai compris que le seul endroit où mon cerveau arrête de faire la toupie, c'est au ciné ! Quand les lumières s'éteignent et que le film commence, il lâche enfin l'affaire ! Il s'abandonne. C'est pour ça que ça a toujours été l'endroit où je me suis sentie le mieux au monde ! Tu te rends compte que je suis probablement devenue cinéphile à cause d'une anomalie neurologique ! À cause de mon cerveau qui marche trop et trop vite !

Cette révélation, une fois digérée, n'a pas été sans conséquences. Les zèbres, qui ont presque toujours une estime d'eux-mêmes déplorable, ont tendance à se dissoudre dans le désir des autres, jusqu'à se persuader que c'est le leur. Une manière d'auto-travestissement ayant pour but d'éviter tout conflit, qu'ils ne supporteraient pas, et de s'attirer la reconnaissance de l'autre, dont ils ont un besoin pathologique.

Nino a passé sa vie en revue pour se rendre compte qu'elle avait toujours fait – ou presque, puisqu'elle a abandonné ses études à seize ans contre l'avis de ses parents – ce que les autres attendaient d'elle.

Zèbre, d'accord, mais non sans caractère. Du jour au lendemain, elle a décidé de ne plus en faire qu'à sa tête et de ne plus se soucier du désir d'autrui. Grande résolution, qui, cela dit, allait être mise à mal en beauté par mon arrivée. Remarque à laquelle Nino m'a toujours répliqué que Non, pas du tout, toi, j'ai choisi de t'élever. Je t'ai regardée posée sur mon lit à côté de ton sac de couches, et j'ai éprouvé, profondément, le désir que tu grandisses à mes côtés.

Bien sûr, j'adore cette affirmation, mais j'ai toujours douté qu'elle soit totalement vraie.

Et donc, au printemps 2001, forte de sa connaissance toute fraîche de son psychisme atypique, Nino a entamé la refonte totale de son caractère, quitte à en adopter un que d'aucuns jugeraient « mauvais » (*que d'aucuns jugeraient mauvais*, putain, ça en jette, non ? *M'est avis* – et toc – qu'Emil, désespérant de me voir enfin écrire ce que je n'oserais confier à personne, estimerait que je commence à me la péter grave), s'est quotidiennement entraînée à dire non, a acquis un sens de la répartie que je lui ai toujours envié et est devenue lesbienne, ou plutôt a admis qu'elle l'avait toujours été et qu'elle voulait désormais l'assumer et le vivre. Elle avait soixante-trois ans.

À propos de ce changement d'orientation sexuelle, Nino m'a expliqué que ses parents étaient déjà morts depuis longtemps, ajoutant Dommage, j'aurais adoré voir leur tête ! Déjà qu'ils n'ont jamais digéré que je devienne femme de ménage !...

Je ne sais pas grand-chose de mes arrière-grands-parents. Juste que la mère de Nino était portugaise et son père breton. Lui était clerc de notaire, elle avait été employée de banque, secrétaire médicale puis agente immobilière.

Ils ont très mal pris que Nino arrête le lycée à seize ans pour faire des ménages puis devenir concierge. Ils ne pouvaient pas deviner, bien sûr, que c'était en partie, instinctivement, pour échapper à un environnement trop sollicitant et envahissant, pour faire un pas de côté du fait de son hyperémotivité, entre autres signes particuliers, que leur fille fuyait l'école et toute perspective de travail en entreprise. Et aussi parce que, comme d'aller au cinéma, faire le ménage – activité d'ordre, de rangement et de propreté aux effets immédiatement visibles et gratifiants – l'apaisait et satisfaisait son cerveau fébrile.

Nino clamait J'aimais ça ! Rendre les choses propres, nettes, faire briller les dalles dans un hall, qu'une cage d'escalier sente la javel après mon passage, que les rayons du soleil traversent des carreaux impeccables… Je suis très douée, et j'ai toujours été très demandée.

Après Alain, que je considère comme mon « ami adulte », toujours de bonne humeur, le sourire aux lèvres, et qui avait pris l'habitude, très tôt, de me défier par des quiz cinéma pour lesquels il a fini par ne plus avoir le dernier mot, Mireille est la seconde adulte, hors Nino et ma mère, ayant compté dans ma vie. Je le dis au passé car je ne l'ai pas revue depuis l'enterrement, et écrire ces mots me donne envie de pleurer toute seule, si seule, devant l'écran de mon ordinateur.

Après tout, même si officieusement, Mireille a été ma « belle-grand-mère », ou plutôt belle GRANDE-mère. C'est en tout cas ainsi que je la considérais, ainsi que je l'aimais en secret. Et je pense qu'elle avait pour moi plus de tendresse qu'elle ne s'autorisait à me le montrer. C'était Nino qui nous avait réunies, mais c'était elle, aussi, qui nous séparait, d'une certaine façon.

Mirelle était sa cadette de six années, et avait tenu toute sa vie active une mercerie comme il n'en existe plus nulle part depuis plusieurs décennies et dont Nino avait toujours été cliente, rue des Deux-Portes (oui, je sais, on s'en fout du nom des rues, comme des années de sortie des films ou de l'âge des gens, mais tous ces détails jalonnent ma mémoire et je ne peux pas m'empêcher d'en ponctuer mes phrases, ce qui a toujours agacé Marie-D.). Un soir de Noël, le dernier que nous avons fêté ensemble toutes les trois, j'avais quatorze ans, elle a avoué que Nino lui avait toujours plu, et lui avait même « tapé dans l'œil » le premier jour où elle avait fait sonner la clochette en franchissant la porte de sa boutique. À l'époque, Mireille avait vingt-sept ans et partageait sa vie avec une prof de piano de quinze ans son aînée.

J'étais amoureuse et fidèle, m'a-t-elle raconté ce soir-là, et ta grand-mère a été la première autre femme que la mienne que j'ai désirée. Il y en eu d'autres après, de plus en plus, jusqu'à ce qu'on se sépare, Catherine et moi.

Et à propos de désir, le lendemain de ce réveillon de Noël, j'ai demandé à Nino si elle avait déjà fait l'amour avec une autre femme.

Que Mireille, tu veux dire… ? Oui, une fois, j'avais seize ans. Avec Rose de Courville. La fille de voisins de mes parents. C'était une sportive, une nageuse, je crois même qu'elle a été championne de France junior ou quelque chose comme ça. Elle avait un corps incroyable, à la fois long et musclé, des yeux bleu glacier et des cheveux blonds toujours tirés impeccablement en arrière. Une beauté, un peu trop pure ; Hitchcock l'aurait adorée ! Je n'ai jamais cessé après de sous-estimer cette unique étreinte. Je l'ai vue comme un écart, une sortie de route pendant quarante-sept ans alors qu'elle était fondamentale. Et magnifique ! Et mon premier orgasme. Le premier et le dernier, pour près de cinq décennies. J'ai été mariée deux fois, j'ai eu des liaisons, mais je n'ai jamais joui avec aucun homme.

Nino était amoureuse de Mireille, mais n'a pas voulu vivre avec elle, même avant mon arrivée dans sa vie. Je n'aurais pourtant pas été un obstacle car Mireille ne voyait aucun inconvénient à prendre sa part dans mon éducation.

Mais Nino était devenue trop protectrice de sa liberté depuis qu'elle savait être une zèbre, et redoutait de subir le rythme de vie d'une conjointe, et de s'oublier en route une fois de plus.

Le sujet revenait souvent sur le tapis, Mireille, au fur et à mesure que je grandissais, se gênant de moins en moins pour l'aborder en ma présence. Je me souviens d'un échange en particulier, un soir, je devais avoir treize ans.

Après que Mireille lui avait demandé, pour la énième fois, pourquoi elle s'obstinait à ce qu'elles ne vivent pas ensemble, Nino s'était justifiée en affirmant J'ai besoin de légèreté, de ne pas me soucier de l'autre, sans quoi je suis foutue ! Si je vis avec toi, mon amour, je ne vais pas pouvoir m'empêcher de me mettre en quatre pour réaliser le moindre de tes désirs, et même les devancer ! Pire, je vais me persuader que ce sont les miens. On est bien comme ça, non ? L'important, c'est qu'on s'aime !

C'est encore le titre d'un de tes foutus films, ou quoi ?! a répliqué Mireille avec amertume. « L'important c'est qu'on s'aime », merde, on dirait du Sautet !

Nino a fait l'erreur de répondre Non, ce serait plutôt du Żuławski : *L'important c'est d'aimer*. 1975, Romy Schneider, Jacques Dutronc, musique Georges Delerue…

La porte a claqué avant qu'elle n'ait fini sa phrase, et elle m'a regardée avec un petit air innocent dont elle avait le secret et qui, selon les circonstances, était soit irrésistible, soit insupportable.

Mireille voulait plus. Elle avait besoin de plus. De quotidien, d'une salle de bains partagée, de vacances ensemble, de projets, de perspective, de construction. Elle n'a jamais cessé de tenter de convaincre Nino, jusqu'à ce que son désir devienne frustration, et son insistance la source de disputes incessantes.

Elles se sont séparées l'année de mes quinze ans, ce que j'ai trouvé stupide et triste tellement il était évident qu'elles s'aimaient toujours. Et tellement j'aurais adoré expérimenter une vie de famille classique, deux parents et un enfant sous le même toit.

J’ai continué à voir Mireille de temps en temps, sans m’en cacher, et chacune me demandait régulièrement des nouvelles de l’autre, l’air de ne pas y toucher.

Même un chien, Nino n'a jamais voulu en reprendre. Et ce n'est pas faute d'avoir insisté !

Elle en avait eu un pendant seize ans, Humphrey, qu'elle avait adoré, et qui était mort de vieillesse trois ans avant ma naissance. Pour justifier son refus obstiné, elle me disait Quand je le laissais seul pour aller au ciné, pour me faire culpabiliser, il me faisait « ses yeux de cocker » (en même temps, c'était un cocker !), et ça marchait très bien ! J'en avais mal au ventre, là… (Elle agitait la paume de sa main devant son estomac.) Comme des vibrations. Un truc désagréable que je ressens vingt fois par jour, quand on me fait le moindre reproche et surtout quand je vois quelqu'un, même un parfait inconnu, dans une situation délicate. C'est ma foutue hyper-empathie ! C'est carrément un malaise physique ! Alors pour un chien, et même si j'adore les chiens, non merci.

Le 17 mars 2020, le confinement avait été décrété d'abord pour deux semaines, puis jusqu'au 15 avril. Mais deux jours avant cette échéance, le 13 avril, on nous annonçait sa poursuite jusqu'au 11 mai.

Ce même jour, sans que quoi que ce soit ne l'annonce, serait celui qui me verrait me promener pour la dernière fois dans Versailles confiné avec ma mère. Une heure de flânerie marquée par la rencontre avec la famille de Marie-Des-Neiges au grand complet, boulevard de la Reine, dont mon amie et les siens occupaient quasi toute la largeur à eux seuls.

J'ai aussitôt été frappée par la curiosité que ma mère éveillait chez les parents de Marie-D., qui ne l'avaient jamais croisée de leur vie. Ma mère, évidement, avait dû être, de-ci de-là, un sujet de conversation entre eux, comme entre tous les parents d'élèves durant ma scolarité.

La mère absente.

La mère qui avait fait le choix de ne pas vivre avec sa fille. De ne pas l'élever.

Et je me dis aujourd'hui – en tout cas une part de moi, de mon cerveau mais pas de mon cœur qui reste incapable de toute tentative de compréhension – que toutes les mères de mes copines et de mes copains devaient la détester, ma mère, et la mépriser pour ne pas avoir à regarder en face que son choix inconvenant, sa liberté scandaleuse et sexy les faisaient crever d'envie, elles dont la vie était rétrécie au prorata du nombre de leurs enfants.

Mon cœur cogne en écrivant ces mots, de colère autant contre toutes ces bonnes femmes coincées dans leur vie que contre ma mère libre en dehors de la mienne. Oui, je suis en colère, une colère noire et profonde, épaisse comme de la boue, mais qui vaut toujours mieux que le désespoir et la honte qui me paralysent depuis deux ans. Qui me paralysaient, ai-je envie d'écrire, puisque j'écris, justement.

Mais enfant, si je ne parlais jamais de ma mère, ou bien pour servir un bon gros mensonge mélodramatique, je savais que la vérité circulait chez les adultes.

Et en ce printemps confiné, boulevard de la Reine, tous, grands et petits, la dévoraient des yeux, Ève, et après l'embarras des premiers instants, j'ai senti, pour la toute première fois de ma vie, poindre en moi ce qui ressemblait à de la fierté. La beauté spectaculaire de ma mère, bien sûr, en était la cause première. Mais pas la seule. Le mystère y était pour beaucoup, la singularité. Ma mère, et pour cause, ne ressemblait pas à une mère, surtout quand elle se tenait face à celle, si terne et dévouée, de Marie-D. et de ses six frères et sœurs. Leur père avait les yeux qui lui sortaient de la tête, et je ne doute pas un seul instant qu'il se soit mis à bander au premier regard.

Je me suis alors souvenue d'une conversation avec Marie-D. qui était persuadée que son père « allait voir ailleurs », comme disait Nino. Elle n'avait jamais surpris un geste tendre entre ses parents, le moindre baiser, la moindre caresse, n'avait jamais perçu le plus petit grincement de lit venant de leur chambre (à la porte de laquelle elle avait pourtant souvent collé l'oreille) et était convaincue que si elle avait tant de frères et sœurs, c'est parce que ses parents ne couchaient ensemble que dans le but de procréer.

Elle m'avait dit Non mais tu l'imagines, ma mère, en train de lui...

Et j'avais crié STOP ! pour l'empêcher de proférer les insanités dont elle raffolait, et que je n'avais vraiment aucune envie d'entendre concernant l'hypothétique vie sexuelle, ou absence de vie sexuelle, de ses parents. Stop ! Tais-toi, ne dis rien, je t'en supplie ! Surtout, ne dis rien...

Non, je ne l'imaginais pas, sa mère, en train de faire quoi que ce soit avec son père, et n'avais aucune envie de le faire. Mais en ce 13 avril 2020, boulevard de la Reine, il paraissait évident que le père de Marie-D., et ses frères aînés – dont cet abruti de Guillaume qui me reluquait depuis que mes (petits) seins avaient poussé – imaginaient volontiers tout un tas d'exercices acrobatiques en compagnie de ma mère, ce qui a aussitôt chassé ma fierté toute neuve pour de l'embarras.

Sans doute Marie-Agnès, la mère de Marie-D., ne manquait-elle pas d'imagination non plus, ni de clairvoyance, puisqu'elle a fait en sorte d'écourter cette rencontre fortuite (et malaisante tant les gestes barrières nous rendaient gauches, plantés au milieu du boulevard à plus d'un mètre de distance les uns des autres).

Nous avons poursuivi nos chemins respectifs, chacun de notre côté, et ma mère m'a dit Elle devient jolie, ton amie, au moment où mon téléphone vibrait dans ma poche. Un message de Marie-D. : Trop belle, ta mère !

Oui, trop belle. Bien trop belle.

Le lendemain, 14 avril, ma mère, alors que nous venions de passer à table dans la cuisine pour déjeuner, a reçu un SMS qu'elle a lu aussitôt, se figeant un instant, rougissante. Puis elle a dit Pardon, faut que je passe un coup de fil.

Elle est sortie téléphoner dans la cour.

Nino, agacée, a marmonné On mange, ça va refroidir.

Ma mère est réapparue à peu près dix minutes plus tard. Un peu rouge encore, essoufflée, exaltée. Elle nous a regardées. Elle a été sur le point de parler, mais s'est arrêtée, a hésité encore, puis a lancé Faut qu'j'y aille. Et elle a quitté la cuisine pour le salon. J'ai regardé Nino, puis je me suis levée.

Ma mère fourrait à la va-vite toutes ses affaires dans son sac de voyage.

J'ai demandé Tu fais quoi ?

Elle a répété Faut que j'y aille et j'ai dit Où ça ? Chez toi, à Angers ?

Non, dans le Sud.

Mais c'est interdit ! On peut pas voyager comme ça !

Je m'débrouillerai. Je me ferai une attestation bidon.

Elle est passée devant moi pour aller récupérer ses affaires de toilette dans la salle de bains.

Nino était toujours assise dans la cuisine. Je l'ai rejointe et elle m'a demandé Elle va où ?

Dans le Sud, j'ai répondu.

Ma mère est apparue à l'entrée de la cuisine, son imper enfilé, son sac de voyage à la main.

Bon ben j'y vais !

Elle a attendu quelques secondes, probablement pour nous laisser un temps de réaction, mais j'étais trop prise de court pour prononcer le moindre mot.

Alors ma mère a dit J'vous envoie un message quand je suis arrivée. Elle a marqué un temps, très bref, m'a regardée, s'est avancée et a déposé un rapide baiser sur mon front. J'ai juste eu le temps de percevoir son parfum acidulé qu'elle avait quitté l'appartement en lâchant un faible Au revoir maman sans un regard vers Nino.

Mon cœur battait fort. Je suis sortie de la cuisine pour traverser le salon. Je me suis mise à la fenêtre. Vingt secondes plus tard, j'ai vu ma mère, en bas de l'immeuble, passer la tête et une épaule dans la sangle de son sac de voyage, le caler sur sa hanche et s'éloigner d'un pas pressé sans se retourner, sans lever les yeux vers la fenêtre.

J'ai eu la certitude que là, à l'instant, elle m'avait oubliée.

J'ai alors senti la présence de Nino à mes côtés, puis ma mère a disparu au coin de la rue.

Ce n'était pas la première fois que je la regardais partir. Loin de là. Toujours, je crois, avec le même cocktail de soulagement, de chagrin, d'envie, d'admiration et de colère. Elle partait comme elle arrivait, sans prévenir, et me laissait toujours le souffle coupé.

Nous nous sommes regardées, Nino et moi.

Nino a dit Voilà !

Oui, « voilà ! ». Ça résumait tout. Ça disait tout. Ma mère était repartie, et il n'y aurait pas de message en arrivant. En arrivant où ? Auprès de qui ? Je n'en saurais jamais rien. Et si j'avais envoyé un message, il n'y aurait pas eu de réponse. Alors je n'en ai pas envoyé.

Voilà.

Que les églises rouvrent avant les cinémas à la fin du premier confinement a scandalisé Nino, et je me souviens d'avoir pensé que si ma mère avait encore été là, une énième dispute en serait née.

Nino était athée, et même assez remontée contre les curés – encore une grande désillusion pour ses parents, surtout pour son père breton, mais ils s'étaient bien rattrapés en filant le virus de la religion à Ève, leur petite-fille. Son éducation catholique, le catéchisme et la messe chaque dimanche jusqu'à ses seize ans lui avaient visiblement laissé de mauvais souvenirs, d'autant que même sans la notion de péché, elle était la championne de la culpabilité.

Un été, j'avais neuf ans, ma mère – je ne sais quelle mouche l'avait piquée – avait téléphoné pour réclamer de passer quatre semaines de vacances avec moi.

La veille au soir de mon départ – pour une prétendue location en bord mer qui s'avérerait être la maison secondaire, à quinze kilomètres du littoral, d'un homme avec qui ma mère passerait son temps à faire l'amour –, Nino m'a dit Tu sais, Dieu n'existe pas. C'est des conneries, tout ça. On vient du néant, on retourne au néant, et c'est très bien comme ça. Ne te fais pas avoir : l'orgue, les chants, les statues, les vitraux, les belles paroles, les prières, le péché et tout le fourbi… Aime la vie, simplement, comme elle est. Pas besoin de tout ce cirque prétentieux. Crois en la vie, et tu verras que c'est largement suffisant.

Pendant ces vacances – dont je garde le souvenir d'une grisante et en même temps inquiétante liberté, moi, seule durant des heures, à explorer la campagne que je connaissais si mal, et ma mère, lors de ses brèves apparitions, magnifique de bonheur et de ce que, plus tard, je saurais qualifier de sensualité –, ça n'a pas manqué, comme Nino s'en doutait, je suis allée à la messe chaque dimanche.

À mon retour, j'ai dit que j'avais détesté ça, ce qui a réjoui Nino mais était un mensonge. J'avais aimé ces quatre fois une heure passées assise à côté de ma mère, si proche que je pouvais sentir son parfum, la chaleur ardente de son corps, le frottement de son bras. J'avais aimé chanter, aussi, même si je ne connaissais pas les paroles. Et l'odeur de l'encens.

Oui je sais, Emil : *Les choses qu'on n'oserait confier à personne*... Je sais. Je tourne autour du pot. Je sais...

Alors… D'abord, en novembre 2020, dans les premiers jours du deuxième confinement pour lequel, cette fois, ma mère ne s'est pas manifestée, Nino m'a demandé de m'asseoir dans la cuisine en face d'elle. Elle avait étalé tout un tas de papiers sur la table, près d'une boîte à biscuits en fer. Elle m'a semblé émue, et tremblait un peu en disant J'ai organisé ma succession, Ma Sauterelle.

Je me suis aussitôt sentie mal à l'aise et ça a dû se voir.

Nino a fait Attends. C'est important, écoute-moi. Tout est réglé, tu n'auras rien à faire à ma mort.

Je me suis levée en disant que je n'avais pas du tout envie de parler de ça. Nino m'a attrapée par le bras. J'ai dit Pourquoi tu me parles de ta mort ? et elle a répondu Mais parce que je suis vieille, Laura !

J'aime mon prénom mais je n'aimais pas quand Nino l'utilisait pour s'adresser à moi plutôt que l'un de mes surnoms : Ma Sauterelle, Ma Lola (en hommage à Anouk Aimée, dans le film de Jacques Demy, en 1961) ou encore P'tit'Miss (devenu le favori de Nino à partir de 2006 et la sortie du film *Little Miss Sunshine*, de Jonathan Dayton et Valerie Faris)... C'était le signe d'une conversation « sérieuse », grave, ou que Nino était contrariée par quelque chose que j'avais fait.

Je me suis rassise, et j'ai écouté, regardant, de mauvaise grâce, les papiers que Nino tenait à me montrer.

Entre les deux confinements, elle avait vu une notaire pour que ni ma mère ni moi n'ayons à prendre la moindre décision à sa mort.

J'ai beaucoup travaillé, toute ma vie, elle m'a dit, et ma seule dépense était le cinéma. Ta mère aura sa part : ma mère avait une assurance-vie qui m'est revenue, qui a fait des petits depuis, et qui sera pour elle. Toi, tu auras cette boîte, dans laquelle j'ai gardé mes étrennes pendant des années (elle a ouvert la grande boîte à biscuits qui était pleine à craquer de billets de 10, 20 et 50 bien rangés) – t'inquiète, j'ai changé les francs en euros à temps ! Et l'appartement te reviendra après ma mort, sans aucune contestation possible. Au décès de mes parents, c'était encore possible, pour des gens comme moi, d'acheter à Versailles. Et puis j'étais bien placée, comme concierge, pour pas passer à côté de l'occasion. Ça fait cinquante-trois mètres carrés. À l'époque, ça ne valait pas grand-chose. Aujourd'hui, si. Tu en feras ce que tu voudras, tu vendras si tu veux, tu bazarderas tout mon fourbi, je m'en moque. Mais tu seras chez toi.

J'ai fondu en larmes, et Nino m'a prise dans ses bras.

À l'oreille, elle m'a glissé Sois pas triste ! J'ai pas du tout peur de mourir ! J'ai bien vécu, et puis en plus, j'ai même pas pu être vraiment vieille avec toi qui es venue secouer tout ça ! J'ai tellement eu de chance... !

C'est un peu bête, une pensée puérile et irrationnelle dont je ne suis pas bien fière mais qui ne me lâche pas pour autant : je ne peux pas m'empêcher de me dire que la re-fermeture des cinémas, le 30 octobre 2020, a précipité les événements. Peut-être aussi Nino avait-elle anticipé le crépuscule du cinéma en salle suite à la crise sanitaire et à la montée en puissance des plateformes de vidéo à la demande ?

À la réouverture des salles, le 19 mai 2021, elle serait déjà morte depuis douze semaines. Sans quoi je parie qu'elle serait d'abord allée voir *Falling*, de Viggo Mortensen, qu'elle aimait beaucoup en tant qu'acteur. Puis *Mandibules*, de Quentin Dupieux et *L'Étreinte*, de Ludovic Bergery. Peut-être *Josep*, d'Aurel, qu'elle avait hésité à aller voir à l'automne avant la fermeture des salles parce qu'elle aimait moins le cinéma d'animation, qui la privait des comédiens et des comédiennes, ses héros. Et puis, ensemble, nous serions allées voir *Drunk*, de Thomas Vinterberg, parce qu'elle l'avait adoré en octobre et que je l'avais manqué, et revoir *Deux*, de Filippo Meneghetti, pour Barbara Sukowa qu'elle avait trouvée très belle dans le film.

Cela aurait été une semaine de fête.

Pendant le premier confinement, Nino s'était portée volontaire pour coudre des masques à distribuer dans le quartier, un par famille. Elle m'en avait fait un jaune poussin, taillé dans une taie d'oreiller. Un peu moins d'un an plus tard, on en avait plein les poches, fabriqués en Chine. La pénurie du moment était les créneaux horaires disponibles pour vacciner les vieux.

On en parlait dans la cour au lycée, masques sous le menton dès que les surveillants tournaient la tête – sauf ceux dont les joues étaient couvertes d'acné et qui ne les auraient quittés pour rien au monde – quand mon téléphone a vibré. Un SMS, de ma mère. Je n'avais eu aucune nouvelle depuis son départ au printemps dernier. Nous étions en février 2021.

Surtout, que ta grand-mère ne se fasse pas vacciner. Qu'elle ne se mette pas cette saloperie dans les veines.

Ça faisait déjà des semaines que je me connectais en vain quatre fois par jour à Doctolib pour tenter de trouver un rendez-vous de vaccination pour Nino.

Je n'ai pas répondu, réfrénant mon envie d'écrire à ma mère que si c'était pour me dire ce genre de conneries, je préférais qu'elle s'abstienne de m'envoyer des messages. De toute façon, je préfère qu'elle ne m'écrive et ne m'appelle pas car ça me permet de ne pas penser à elle, de l'oublier très naturellement. Un message, même anodin, la fait reparaître dans ma vie, ou en tout cas dans mes pensées, éveillant des interrogations et surtout une frustration dont je me passe très bien.

Était-elle toujours dans le Sud ? Filait-elle le parfait amour ? Avait-elle coupé ses cheveux plus court encore ?

J'ai repris ma discussion avec Pierrick. Il n'était plus avec Marie-D., qui s'était tapé Salim, un nouveau, alors qu'ils étaient sur le point de fêter leur un an de relation. J'étais persuadée, même si elle s'obstinait à m'affirmer le contraire, qu'elle avait fait ça, sans grande discrétion, pour se prouver qu'elle était libre, et par trouille de se sentir toujours attachée à Pierrick après tant de mois. Après Salim était venu Benoît, et Pierrick s'était mis à me draguer aux vacances de Noël. Je n'étais dupe ni de sa détresse ni de son désir (bien plus fort que celui qu'il éprouvait pour moi) de blesser Marie-D. en essayant de se taper sa meilleure amie. Certaine que Marie-D. l'aimait toujours, je n'étais pas intéressée, même si ses yeux bleu-vert étaient d'une beauté déroutante, presque irréelle, mis en valeur par le masque chirurgical qu'il gardait bien en place du matin au soir (ce qui ne suggérait rien de bon concernant son épiderme).

Mon téléphone a de nouveau vibré, j'ai pensé Putain cette fois je m'la fais ! mais ce n'était pas ma mère. C'était le numéro de Nino. J'ai décroché et je n'ai entendu que des borborygmes. J'ai foncé, plantant là Pierrick et deux heures de maths.

Nino était par terre, son manteau encore sur ses épaules, ses courses répandues sur le parquet. Elle avait pu m'appeler tout de suite, je n'avais pas traîné : elle n'avait sans doute pas passé plus de vingt minutes au sol. Dès qu'elle m'a vue, elle s'est mise à me parler, sans doute pour m'expliquer ce qui s'était passé. Mais je n'ai pas compris un seul mot.

Je l'ai redressée, avec difficulté. Elle était lourde, agitée, incapable de m'aider. Bien au contraire, chacun de ses mouvements désordonnés me compliquait la tâche. Je suis finalement parvenue à l'allonger sur le canapé du salon.

Elle a encore parlé. Pas une syllabe n'était articulée. Je lui ai dit Doucement, parle plus doucement je comprends rien !

Elle a répété, me regardant bien en face.

Je comprends pas ce que tu dis ! j'ai avoué. Laisse tomber. Calme-toi. J'appelle un docteur.

Elle s'est agitée, et même si je n'ai pas saisi un seul mot de sa tirade, je sais que ça voulait dire *non*, qu'elle ne voulait pas voir de médecin.

J'ai quand même appelé, et de la colère s'est ajoutée à son agitation. Elle a baragouiné encore, les joues rouges, puis soudain elle a lâché l'affaire, a laissé retomber sa tête en arrière et a fermé les yeux. Elle est devenue blanche et j'ai paniqué.

Mais elle respirait et j'ai demandé Nino ! Nino ça va ? Les yeux toujours fermés, elle a levé la main droite pour me signifier que *oui*, ou peut-être de lui foutre la paix.

Non, bien sûr que ça n'allait pas. Pas du tout.

Le type de SOS Médecins était le même que quelques semaines plus tôt. Je ne me suis rendu compte qu'à son arrivée que Nino s'était pissée dessus. J'ai eu honte, et de la peine.

Le médecin m'a demandé ce qu'avaient donné les analyses, la dernière fois. J'ai répondu Il n'y en a pas eu, elle n'a pas voulu. Il a fait la moue.

Je m'en voulais de parler de Nino en sa présence, comme si elle était une enfant, de parler à sa place. Mais son incapacité à s'exprimer était une bonne excuse.

Le médecin a sorti son téléphone en disant Il faut l'hospitaliser, c'est certainement un AVC. Nino s'est agitée de nouveau, a essayé de parler, en vain. Les mots ne se formaient pas, ils restaient englués dans sa bouche devenue incontrôlable. Ses lèvres et sa langue donnaient l'impression d'avoir pris leur autonomie, d'avoir fait sécession.

Après un bon paquet d'heures aux urgences sans que personne n'ait le temps de l'ausculter, Nino a enfin été admise en gériatrie à l'hôpital de la Porte-Verte.

Sur plusieurs jours, une batterie d'analyses a été lancée pour confirmer l'accident vasculaire cérébral et évaluer sa gravité pendant que je m'obstinais – masquée, une charlotte sur la tête, une blouse sur mes vêtements et mes baskets recouvertes de protège-chaussures – à tenter de comprendre ce que Nino essayait toujours de me dire.

C'était exaspérant, et terriblement frustrant, pour moi comme pour elle, et cela mobilisait l'entièreté du temps que nous passions ensemble.

Je finissais par dire Pardon Nino, je suis désolée, je te comprends pas. Pardon... Et je repartais nouée.

Covid oblige, mes visites étaient limitées à une heure par jour, et je devais prendre rendez-vous la veille pour le lendemain.

À la fin de la première semaine d'hospitalisation, quand, au bout de cinq minutes, je ne parvenais toujours pas à déchiffrer ce qui sortait en vrac des lèvres de Nino, je me suis reculée, j'ai fait une petite moue ironique, et je lui ai dit C'est à moi que tu parles ? C'est à moi que tu parles ?!, avec une intonation à la De Niro bien moins convaincante que celle, stupéfiante de vérité, que Nino prenait quand elle rejouait la scène de *Taxi Driver*.

Si elle avait pu, je crois qu'elle aurait ri, après quoi, sans nous concerter (mais comment aurions-nous pu le faire ?), nous avons cessé de nous obstiner, nous contentant d'être ensemble, sans pouvoir nous toucher, et en aérant la chambre toutes les demi-heures.

Je faisais une partie de mon boulot pour le lycée pendant mes visites et je lui donnais des nouvelles de l'extérieur, en particulier de Marie-D., qu'elle aimait beaucoup, et dont les frasques et l'impertinence l'avaient toujours réjouie. Et j'inventais quand je n'avais rien de neuf à raconter.

Nino était là depuis dix jours quand la cheffe du service et un interne sont venus nous parler.

L'AVC était grave, Nino ne récupérerait probablement pas l'usage d'une parole articulée, ni celui de son bras droit. Peut-être qu'avec le temps, beaucoup de temps et de rééducation, parviendrait-elle à marcher de nouveau, avec l'aide d'un déambulateur.

La docteure, une femme d'un peu moins de quarante ans, très petite et très dynamique, brune et aux yeux couleur miel, a dit Mais ce n'est pas tout.

Elle a pris un petit temps. J'ai regardé Nino, qui a fermé les yeux. Pour ne pas entendre ? Pour s'échapper dans ses pensées ? Parce qu'elle avait déjà eu sa dose ? Ou bien, plus probablement, parce qu'elle savait pertinemment ce qui allait être annoncé.

Un nouveau silence s'est installé une fois le mot « Parkinson » prononcé.

Un tour sur Wikipédia m'a permis d'apprendre que la maladie de Parkinson est la maladie chronique dégénérative la plus fréquente après Alzheimer, qui affecte le système nerveux central et est caractérisée par la perte progressive des neurones qui produisent la dopamine, substance chimique générée par le cerveau et indispensable pour réguler la mémoire, l'humeur, l'attention, le sommeil et l'apprentissage. Elle provoque des troubles tels que des mouvements ralentis, des tremblements, des rigidités puis des troubles cognitifs, entre autres. Elle ne se guérit pas. Des traitements permettent seulement d'en retarder les effets ou de soulager temporairement les patients.

Marie-D. m'a aussitôt prise dans ses bras, comme personne ne le faisait plus depuis un an, quand j'ai dit Depuis combien de temps elle garde ça pour elle ?

Une foule de détails me revenait, de signes de cette maladie de Parkinson que je n'avais pas su interpréter : tremblements, ralentissement des gestes, perte de mémoire, transpiration excessive, besoins pressants et intempestifs d'uriner (même au cinéma), posture de plus en plus voûtée, amplitude des pas allant se rétrécissant…

J'ai marmonné Putain, c'est ma folle de daronne qui avait raison pendant le premier confinement : elle était vraiment pas en forme, Nino… !

Puis, en reniflant dans le cou de Marie-D., je lui ai raconté qu'avant que les médecins ne détaillent leur diagnostic, l'irréversibilité du mal, et exposent le « protocole » envisageable, Nino avait tenté de prendre la parole, avec force et autorité. J'avais reconnu, à peu près, les modulations de la déclaration qu'elle tentait de faire depuis que le type de SOS Médecins avait dégainé son téléphone pour appeler une ambulance.

La médecin, l'interne et moi nous étions concentrés pour écouter. Mais nous n'avions pas compris le moindre mot de ce que Nino venait d'affirmer de toutes ses quelques forces.

J'ai dû fouiller le sac de Nino pour y chercher sa carte de mutuelle. Dans son gros portefeuille où l'on pouvait aussi, sur le côté, mettre des pièces de monnaie, j'ai trouvé une petite photo découpée, au format identité, protégée par un pelliculage en plastique. J'ai tout de suite pensé que c'était moi dont elle voulait toujours avoir l'image sur elle. C'était Cate Blanchett, dans *Carol*, de Todd Haynes.

Que Nino n'ait plus de médecin généraliste depuis des années et que la seule personne à qui l'on puisse s'adresser soit encore mineure (j'ai affirmé que ma mère avait totalement disparu de la circulation depuis plus de dix ans et que ni Nino ni moi ne savions comment la contacter) a crispé le service des admissions de l'hôpital pendant un moment. Puis ils s'y sont faits, ayant sans doute d'autres chats à fouetter.

Nino a été transférée en « soins de suite » le temps qu'un lit se libère au « pôle rééducation ». De quoi avoir le temps de trouver une solution pour la suite, justement. Car il était acté qu'elle ne pourrait pas rentrer chez elle.

Mon cerveau patinait dès que j'essayais de penser plus loin que ces balises posées par l'hôpital. J'étais incapable d'envisager cette « suite », comme avait été nommé l'avenir de Nino. Un EHPAD ? Avec quel argent ? Faudrait-il vendre l'appartement ? Et comment s'y prend-on quand on a dix-sept ans et qu'on n'a jamais rien fait d'autre dans la vie que d'éviter de redoubler en classe ? Quand on a dix-sept ans et qu'en plus on s'apprête à passer son bac ! Mais depuis des semaines, des mois, même, une petite voix me disait que je ne passerais pas cette épreuve, qu'une nouvelle catastrophe – pandémique ou climatique, voire pandémique ET climatique, ou bien autre chose telle qu'une guerre, un astéroïde en piqué vers Paris ou un tremblement de terre… – allait surgir et annuler l'épreuve, ou en tout cas ma participation à cette dernière. La possibilité d'une catastrophe était entrée dans nos vies et ancrée dans nos esprits. Alors passer son bac semblait d'un autre temps, d'un autre monde, désuet et caduc. Depuis le premier confinement, le lycée, ma scolarité, les notes, les cours, tout avait pris une allure virtuelle. Je révisais quand même, mais sans y croire. Et je n'avais plus aucun projet pour après le bac. Aucune idée, j'étais sèche, exactement comme pour appréhender l'avenir de Nino une fois qu'il lui faudrait quitter le pôle rééducation.

Bien sûr, il aurait fallu que j'appelle ma mère. Mais c'était au-dessus de mes forces, au-delà des limites de ma bonne volonté. Et je veux croire que si Nino avait été capable de se faire comprendre, elle m'aurait approuvée, refusant de s'en remettre à sa fille.

J'y suis donc allée au jour le jour, que ce soit sur la question de l'hôpital ou celle du lycée, tête baissée pour ne surtout pas voir l'horizon se rapprocher. Il devait ressembler à un mur.

Nicole, une aide-soignante, nous a prises en affection, Nino et moi. Elle avait la cinquantaine, la peau deux fois plus noire que la mienne, un bon mètre quatre-vingts, mince et musclée, la poitrine imposante et les yeux vairons. Dommage que Nino n'ait pas été en état d'en profiter. Quoique. La présence de Nicole l'apaisait, et si son visage avait perdu en mobilité, tout comme la moitié droite de son corps qui ne répondait plus, elle n'en suivait pas moins du regard les gestes de Nicole qui, rapidement, m'a laissée déborder des horaires « Covid ». Dès la sortie du lycée, plantant là mes copains (seule Marie-D. était au courant pour Nino et je lui avais demandé de n'en parler à personne, ce en quoi je lui faisais totalement confiance car elle était – sauf pour ses amoureux ! – d'une fiabilité totale), je m'installais dans la chambre jusqu'à l'heure officielle de fin des visites, que je sois là depuis une heure, deux ou trois.

Nino aussi vivait au jour le jour, et Nicole m'a expliqué qu'à sa demande (mais comment Nicole parvenait-elle donc à décrypter les demandes de Nino ?), elle lui mettait du rouge à lèvres une demi-heure avant mon arrivée.

Ta grand-mère tient à être belle pour toi, m'a dit Nicole, ce qui m'a mis les larmes aux yeux.

C'était le rouge à lèvres offert par Mireille, couleur et goût cerise burlat, et cela m'a fait penser que je n'avais prévenu ni Mireille ni Alain.

Mireille est venue le jour même de mon appel. Je les ai laissées toutes les deux ensemble trente minutes, attendant dans le parc en écoutant Marie-D. me raconter au téléphone sa dernière séance de confession auprès du curé de l'église Notre-Dame, la paroisse de sa famille. Marie-D. se confessait une fois par trimestre, « par hygiène », affirmait-elle, comme si elle parlait d'aller chez le coiffeur, ou chez le dentiste pour un détartrage. Et elle ne cachait rien au prêtre, s'évertuant même à lui donner le plus de détails possibles, surtout sur sa vie sexuelle mouvementée et imaginative pour l'embarrasser au maximum. Elle m'avait dit un jour Ça lui fait les pieds, avec tous ces curés qui ont abusé de gamins et de gamines, là, c'est lui qui prend !

Ce jour-là, dans le parc de l'hôpital j'ai demandé à Marie-D. si le prêtre, pendant ses confessions, lui disait quelque chose, ou lui faisait la morale. Elle m'a répondu

Non, il ne dit rien, il écoute, il rougit, il gigote sur son banc comme s'il avait envie de pisser tellement il est mal à l'aise ! Juste, à la fin, il m'annonce que je suis pardonnée ! Bon, c'est sans suspense, hein ? On est toujours pardonné à la fin, c'est le principe. Et vu ce que je lui ai envoyé aujourd'hui, je t'assure que Dieu, il a les idées larges ! Le curé m'a juste filé deux prières à dire ensuite, c'est le tarif.

Et tu les dis, les prières ? j'ai demandé.

Ben oui, évidemment... ! Et aujourd'hui, j'en ai ajouté une pour ta grand-mère.

Je ne crois ni en Dieu ni aux prières, mais c'est le geste qui compte, comme on dit, et j'ai été sincèrement émue par celui de mon amie, que je n'ai pourtant pas eu le temps de remercier car j'ai vu Mireille qui sortait de l'hôpital. J'ai raccroché. Mireille m'a rejointe, elle n'a rien dit mais m'a serrée dans ses bras, tous gestes barrières oubliés.

Mireille n'est jamais revenue voir Nino, et je n'ai plus eu de contact avec elle jusqu'aux obsèques.

Alain, lui, a réservé un créneau de visite le lendemain de mon appel et a fait comme si rien ne s'était passé, et comme si rien ne devait se passer. Il a parlé cinéma, les derniers DVD qu'il avait achetés sur Internet, les derniers films qu'il avait téléchargés. Puis, avec gourmandise, il a évoqué l'embouteillage de films à sortir qui se préparait pour la réouverture des salles.

Même si sa bouche en était incapable, Nino lui a souri quand il a dit On ne va plus savoir où donner de la tête, Gene !

Un après-midi, en arrivant du lycée, j'ai trouvé Nino endormie, sous perfusion. Je suis ressortie et j'ai demandé pourquoi à une infirmière. La toute jeune femme m'a dit Votre grand-mère ne mange pas assez, elle est faible ; en fait, elle n'a rien mangé depuis deux jours. Elle a ajouté que si elle ne reprenait pas de forces, ils ne pourraient pas la garder dans le service.

Une heure plus tard, Nino s'étant réveillée, une aide-soignante que je n'avais vue qu'une fois – Nicole était en repos – a apporté la collation, un petit bidon de crème à la vanille hyper énergétique qu'elle a débouché en disant à Nino Il faut qu'elle mange, hein ! Elle va faire un effort aujourd'hui...

Elle a glissé une paille dans le bidon puis a froncé le nez, avec une petite grimace comme celle que font les parents quand ils mettent le nez contre la couche de leur bébé pour constater qu'elle est pleine. Et en sortant de la chambre elle a dit Je repasse après pour la changer… !

Quand la porte s'est refermée, je suis restée figée. Sidérée.

J'ai pensé à la voix de Nino s'adressant au docteur quand, enfant, j'étais malade. *Bonjour docteur… Merci docteur…* Elle en avait plein la bouche, et sa voix disait Je ne suis pas allée longtemps à l'école je suis tellement moins intelligente que vous rien qu'une pauvre petite femme ignorante mais sauvez ma Sauterelle, ma P'tit' Miss, elle est tout ce que j'ai, elle est tout ce que j'aime. C'était humiliant, surtout venant d'une femme probablement plus intelligente que le médecin en question et qui, concernant sa propre santé, n'en faisait qu'à sa tête. J'ai aussi pensé au lait chaud plein de miel que Nino m'apportait au lit quand j'avais mal à la gorge. À la purée Mousline dans laquelle elle mettait des petits morceaux de jambon, ou bien aux bananes écrasées saupoudrées de cacao qu'elle me préparait en disant Ça va passer, tu vas voir. Aux nuits que j'avais le droit de passer dans son lit quand j'avais de la fièvre.

J'avais les larmes aux yeux et, pour ne pas me mettre à sangloter, je me suis agitée. J'ai débouché la crème vanille et j'ai dit Mange un peu, Nino, pour me faire plaisir…

À peine ces mots prononcés, je me suis sentie dans la peau d'une actrice sur la scène d'un théâtre et je m'en suis voulu.

J'ai reposé le petit bidon sur la tablette. J'ai attendu une poignée de secondes avant de trouver le courage de regarder Nino. J'ai été soulagée de ne trouver que de la tristesse dans son regard, alors que j'avais eu peur d'y lire des reproches ou, pire, de la déception.

Le lendemain, une jeune interne que je n'avais jamais vue est entrée dans la chambre au moment de la collation, qui était intacte sur la tablette. Elle était souriante, vive, très mince, les yeux très bleus au-dessus de son masque chirurgical.

Elle s'est adressée à Nino comme si elle était en pleine possession de ses moyens et qu'elles allaient pouvoir dialoguer sans difficulté. Elle a dit Ça tombe bien que votre petite-fille soit là, puis a parlé d'alimentation, et d'affaiblissement. Elle comprenait qu'il était difficile de manger sans pouvoir mâcher, que du mou, que du liquide, il faudrait du temps avant de pouvoir réintroduire des aliments solides. En attendant, elle proposait que Nino soit alimentée par sonde gastrique. Elle a expliqué en quoi cela consistait, et j'ai préféré ne pas entendre les détails. Nino, par contre, était très attentive. Quand l'interne a eu fini ses explications, elle lui a demandé si elle acceptait la sonde. Nino a aussitôt tourné la tête de droite à gauche. Non, vous ne voulez pas… ? Nino a encore tourné la tête. D'accord, a dit l'interne. Puis elle m'a souri en me disant C'est un refus très clair. Votre grand-mère sait très bien ce qu'elle veut. Puis elle a souri à Nino et lui a dit J'en prends bonne note, madame Tellier. Je vous laisse.

Nino a fait *oui* des yeux. La femme est sortie.

J'ai regardé Nino. Elle a fait ce qu'elle a pu pour me sourire.

Le premier dimanche de son séjour au service de soins de suite, j'ai apporté ma tablette, sur laquelle j'avais téléchargé *Le Roi et l'Oiseau*.

Même si c'était formellement interdit, je me suis assise à côté de Nino dans le lit – toujours protégée des pieds à la tête de polypropylène bleu –, et pendant une heure vingt-sept, je suis redevenue une petite fille, et Nino ma GRANDE-mère.

La porte s'est entrouverte un instant – quand le ramoneur et la bergère visitent le musée à la gloire du roi – et j'ai aperçu Nicole, qui a refermé aussitôt pour nous laisser tranquilles.

Nino s'est endormie avant la destruction du château du roi, et c'est la voix tonitruante de ma mère qui l'a réveillée dix minutes après la fin du film, alors que j'étais encore contre elle dans le lit.

Comme quoi le service des admissions ne s'était pas satisfait de mes explications douteuses. La CAF ou la CPAM, je sais à peine ce que tout cela signifie, n'a pas dû avoir beaucoup de mal à trouver la trace de la fille unique de Geneviève Tellier.

Et ma mère a pris les choses en main, avec une énergie qui n'avait d'égale que son désintérêt passé. Que sa mère soit en train d'accéder au statut de personne âgée dépendante était sa nouvelle passion.

Ma première crainte, très égoïste, a été que ma mère s'installe à la maison.

Car, puisque le mot d'ordre reste d'écrire ce que je n'oserais confier et patati et patata, il me faut avouer que je commençais à prendre goût à la solitude, à la liberté de la solitude. J'éprouvais ce que Nino avait essayé d'expliquer à Mireille en refusant de vivre avec elle. Je ressentais, après coup, le poids induit, plus que ressenti, de la cohabitation. La dépendance au rythme et aux désirs de l'autre, l'adoption de goûts qu'à tort on pense les siens, d'habitudes que l'on n'aurait jamais prises si l'on avait vécu seul. Quand je rentrais du lycée ou de l'hôpital, quand je glissais la clé dans la serrure, j'avais chaque fois un pincement en pensant à Nino qui n'était pas là mais aussitôt, aussi furtivement, un frisson de plaisir à l'idée d'avoir l'appartement pour moi toute seule.

Bien sûr j'étais inquiète, et oui, Nino me manquait. Mais même ce manque et même cette inquiétude comportaient leur part de plaisir. Exactement comme la mélancolie est le plaisir d'être triste.

Et puis je vivais quelque chose. Il se passait quelque chose, un événement se produisait, fait rare dans la courte vie d'une enfant et d'une adolescente aimée et élevée dans un pays riche. Je pouvais, légitimement pour une fois, être triste et anxieuse. J'avais le sentiment d'avoir décroché un nouveau rôle, le premier, peut-être, de ma vie future, de ma vie adulte à venir. Nino, même au cœur de l'événement et de mes soucis, dans les faits, passait au second rôle, et me laissait le premier. C'était mon premier « premier rôle ». Mais pas le dernier. M'attendait celui que j'allais tenir dans la mort de Nino.

Sans doute, si j'avais eu le courage d'y penser avec sincérité, aurais-je pris conscience à ce moment-là que j'aurais eu du mal à vivre le retour de Nino à la maison. Parce que depuis qu'elle n'y était plus, je comprenais que ma mère n'avait pas totalement tort quand, lors du premier confinement, elle avait suggéré qu'à mon âge, j'avais autre chose à faire que de m'occuper d'une vieille dame.

Mais le problème ne se poserait pas, puisque Nino ne reviendrait jamais dans son appartement, et mes craintes de voir ma mère s'y installer n'étaient pas fondées. Elle venait tous les jours à l'hôpital, mais il n'a jamais été question qu'elle dîne ni dorme à la maison.

J'en ai déduit, me refusant à lui poser la question, qu'elle devait avoir un nouvel amoureux chez qui elle vivait quelque part en région parisienne.

Ma mère, dès le lendemain de son débarquement, a réclamé un rendez-vous avec la cheffe de service et l'a obtenu pour le jour même en se rendant insupportable comme elle savait si bien le faire.

Le lendemain, elle était là à l'heure de la collation, et a tenté de convaincre Nino d'avaler son complément alimentaire à la vanille. Puis elle a essayé de la forcer à l'ingérer, lui fichant la paille dans la bouche.

Je lui ai dit Fais pas ça et elle m'a répondu Tu vois pas qu'elle se laisse mourir ?

Puis elle s'est adressée directement à Nino, pour lui assurer, en colère, qu'elle ne la laisserait pas faire. Elle avait les larmes aux yeux. Nino n'a pas bronché, se contentant de garder les lèvres hermétiquement closes.

J'ai modifié et réduit mes heures de visite pour éviter ma mère au maximum. Un soir, j'arrivais quand elle partait et nous nous sommes croisées sans même nous arrêter dans le hall de l'hôpital. Elle m'a lancé à la volée Au fait, j'ai pris contact avec une agence immobilière pour faire estimer l'appartement de ta grand-mère : il va bien falloir trouver un moyen pour qu'elle se paye son EHPAD !

Je n'ai rien répondu.

Je n'avais rien à répondre, rien à lui opposer puisque je n'avais aucune solution à proposer pour « la suite ».

Le lendemain, je suis entrée à 18 h 30 dans la chambre de Nino. Une sonde gastrique avait été mise en place.

J'ai cherché la jeune interne mince aux yeux bleus mais on m'a dit qu'elle ne travaillait plus dans ce service. Son remplaçant, un homme très grand, blond et mou, a consulté son fichier et m'a dit C'est sa fille qui a signé l'autorisation. Il était pressé, il ne savait pas qui j'étais, ni vraiment de qui nous parlions. Je lui ai dit que Nino avait refusé d'être alimentée par sonde mais d'après lui, et ce qui était inscrit dans le dossier, elle ne s'était pas opposée à la démarche de sa fille.

J'ai vu Nicole dans le couloir. Je l'ai rattrapée. Elle m'a confirmé que Nino n'avait pas protesté, et a ajouté Ta grand-mère, depuis que ta mère est là, c'est comme si elle avait renoncé à tout.

J'ai trouvé la formule étrange, mais très vraie en même temps : c'était en renonçant à renoncer de s'alimenter que Nino renonçait. J'ai dû me répéter trois ou quatre fois cette pensée pour être certaine de la comprendre pleinement.

Je suis retournée dans la chambre. J'ai dit Je suis désolée, Nino, et elle a cligné des yeux pour signifier Oui, je sais. Ou alors Moi aussi. Ou peut-être T'en fais pas c'est pas grave t'es qu'une enfant encore c'est pas ta faute et puis finalement c'est délicieux cette bouffe liquide qui coule dans le tuyau directement dans mon estomac je me régale P'tit' Miss et je me sens déjà mieux tu vas voir je vais réapprendre à marcher et à me torcher toute seule et je serai de retour à la maison en moins de temps qu'il ne faut pour le dire et tout sera comme avant. Un truc dans ce goût-là.

Le lundi suivant, Nicole m'a interpelée avant que j'entre dans la chambre. Elle m'a dit Elle veut écrire un mot.

Elle en est capable ? j'ai demandé, et Nicole m'a répondu que non, mais que je pouvais passer l'alphabet en revue, et qu'en faisant signe oui ou non à chaque lettre, Nino devrait parvenir à dicter. Puis elle a ajouté J'espère juste pour toi que ce n'est pas un roman qu'elle a en tête… !

Il y avait un carnet et un stylo sur la tablette près du lit.

J'ai demandé Tu veux écrire, Nino ?

Elle a cligné des deux yeux pour dire oui.

OK… Je te dis les lettres, et tu me dis oui ou non. D'accord ?

Elle a cligné des yeux.

Je commence, t'es prête ?

Un clignement. Elle a un peu relevé la tête, concentrée, tendue.

A…

Elle a cligné.

A ?! Ça commence par un *A* ?

Nino a cligné pour confirmer. J'ai poursuivi.

B…

Rien.

C…

Rien.

Et comme ça jusqu'à *M*.

AM.

Nino a cligné. J'ai repris à *A*. Jusqu'à *O* cette fois.

Puis *U*.

J'ai proposé *AMOUR*, et Nino a cligné des deux yeux.

Amour… Émue, j'ai dit Moi aussi je t'aime, Nino, mais de sa main gauche, la valide, elle m'a fait comprendre, d'un geste pressé, que ce n'était pas fini.

Alors j'ai repris l'alphabet, jusqu'à *H*. Puis *A*. *HA…* Nino a ensuite cligné à *N*. Puis à *E*. *HANE*. Ont suivi un *K* et un *E*.

Et là, Nino, épuisée, a laissé retomber sa tête profondément sur l'oreiller.

H.A.N.E.K.E.

Haneke.

Le réalisateur ? j'ai demandé. Michael Haneke ?

Nouveau clignement d'yeux.

Dès ma sortie de l'hôpital, j'ai tapé *Amour* et *Haneke* sur mon téléphone. Plus de 900 000 résultats étaient disponibles. Le premier m'a indiqué qu'il s'agissait d'un film de 2012 avec Jean-Louis Trintignant, Emmanuelle Riva et Isabelle Huppert.

Dans les carnets de Nino était écrit qu'elle l'avait vu au cinéma le 25 octobre 2012. Elle y avait mis 5 étoiles. Son commentaire : *La plus grande preuve d'amour.*

Elle possédait le DVD, signe que c'était un film qui comptait pour elle.

Je n'avais jamais rien vu de Michael Haneke. J'ai glissé le disque dans le lecteur, en prenant soin de ne rien lire de la jaquette comme chaque fois que Nino me faisait découvrir l'un de ses films préférés.

J'ai mis quatre jours avant de retourner voir Nino. Sous le choc d'abord, anéantie, puis furieuse, contre elle et contre moi-même.

Pour la toute première fois depuis la maternelle j'ai menti à Marie-D., incapable de lui expliquer la vraie raison de mon état.

Le vendredi, j'ai poussé la porte de la chambre de Nino pour tomber directement dans le feu de son regard. Je suis certaine qu'elle fixait l'entrée de sa chambre depuis mardi dans l'espoir de me voir apparaître.

Ses yeux, qui étaient tout ce qui restait d'expressif dans son visage, étaient pleins d'interrogation et d'espoir.

J'ai dit Tu ne peux pas me demander ça !

Elle m'a fait ses yeux de cocker.

Arrête, Nino ! Putain, c'est dégueulasse ce que t'es en train de me faire !

Alors elle a ostensiblement détourné la tête.

Je suis allée la voir plusieurs jours de suite sans qu'elle m'accorde le moindre regard, détournant systématiquement la tête à la manière d'un enfant qui refuse la cuillère qu'on lui tend.

J'ai fini par lui dire Va te faire foutre ! et par sortir en claquant la porte.

J'ai passé la nuit suivante dans la chambre de Nino. En me couchant dans son lit, j'ai senti son odeur, mélange de son parfum et de celui de la vieillesse.

Puis j'ai regardé longuement les photos aux murs, en noir et blanc ou en couleurs, tous ces visages si familiers de comédiens et de comédiennes. Notre album de famille.

J'ai détaillé chacun des visages. Tous charrient des souvenirs, des sensations, la réminiscence d'un moment particulier, d'un âge de ma vie, d'une époque vécue ou fantasmée, d'une lumière, celle d'une musique, d'une scène, d'un commentaire ou d'un sourire de Nino. Les films, les interprètes, les scénarios, les musiques sont intimement ancrés en moi, constitutifs de ma mémoire. La prolongeant, même. J'ai tant vu de films des années 1940 et 1950, principalement avant dix ans, que j'ai l'impression d'avoir connu cette époque, qu'elle est celle de mon enfance. Je suis nostalgique de ma préhistoire, de mon âge d'or par procuration.

Parmi les photos de stars de tous pays se sont glissés un portrait de François Truffaut, en noir et blanc, et celui de John Ford âgé, un bandeau de pirate sur l'œil gauche. Quatre affiches de films encadrées : *L'Aventure de Mme Muir*, très kitch, aux couleurs pétantes, *Fenêtre sur cour*, dessinée elle aussi, avec James Stewart et ses jumelles au premier plan, *Caramel*, avec Nadine Labaki de dos entrouvrant des rideaux, et *La Nuit américaine*, curieusement dans sa version italienne, *Effetto Notte*, avec la célèbre photo de Truffaut en train de diriger Jacqueline Bisset et Jean-Pierre Léaud. Il y a aussi des affichettes, au format carte postale : *La Beauté du diable*, *Les Diaboliques*, *Mon oncle*, *Breakfast at Tiffany's*, *Rocky*, *The Straight Story* et *Carol*.

Tout le mur à la gauche du lit est occupé par des étagères remplies de DVD et surtout de VHS, enregistrements maison de vieilles émissions de télé que Nino regardait religieusement il y a plus de quarante ans : le *Cinéma de minuit*, le *Ciné-Club* et *La Dernière Séance*. Des dizaines de musiques de films, aussi, la plupart en vinyles, et sur le mur près de la porte la collection de livres sur le cinéma avec, disposé de face, pour en exposer la couverture, le *Hitchcock-Truffaut* avec la photo de Janet Leigh sous la douche dans *Psychose*, tendant le bras mais le regard déjà résigné à la mort. Dans deux cartons derrière la porte, car Nino n'avait jamais trouvé de place pour les ranger mais n'avait pu se résoudre à s'en séparer, des boîtiers pleins de fiches cartonnées et illustrées tirées d'une autre émission télé intitulée *Monsieur Cinéma*.

Les autres livres de Nino, principalement des romans policiers et de science-fiction, se trouvent dans le salon. La chambre est intégralement réservée à sa passion, et en succombant petit à petit au sommeil, distraite de ma colère et de mon angoisse par cette visite immobile du musée de Nino, je l'imaginais, chaque soir, s'en remettant à ces lares cinématographiques pour s'endormir et rejoindre ses rêves en 70 mm.

Le lendemain matin, comme tous les matins depuis des semaines, j'ai ouvert mon ordinateur et me suis connectée au site Doctolib.

J'ai suspendu ma main sur la souris. À quoi bon ?

Je me suis obstinée, par colère, excitée à l'idée de répondre à la demande de Nino, défiante, par un rendez-vous pour une première dose de Pfizer. Mais aucun créneau n'était disponible en Île-de-France.

C'est là que j'ai reçu un SMS du lycée : Cours suspendus jusqu'à nouvel ordre ; un cas de Covid dans la classe. Faites-vous tester dès que possible.

Les messages ont afflué dans les minutes qui ont suivi, copains et copines se réjouissant ou se désolant, c'était selon. C'était Pierrick qui avait attrapé le virus, faisant de nous toutes et tous des cas contacts.

L'excuse parfaite pour ne pas retourner voir Nino.

Moins de vingt-quatre heures plus tard, un SMS m'envoyait le code me permettant d'apprendre que j'étais négative.

Mille fois j'ai été sur le point d'aller rendre visite à Nino, m'en voulant de ma bouderie, mais en même temps incapable de supporter ne serait-ce que l'idée de la voir détourner encore la tête.

J'ai reçu un SMS de ma mère : Visite appart par agence immo samedi 10 h. Pas là. Tu peux t'en charger ?

La dame de l'agence était jolie, entre cinquante-cinq et soixante ans, blonde, un peu serrée dans son tailleur, de grands yeux bleus exorbités et humides au-dessus de son masque chirurgical, sans doute une hyperthyroïdie associée à un chagrin d'amour. Elle m'a dit Je connais votre grand-mère, de quand elle était gardienne rue Berthier.

Je me suis contentée d'un sourire mécanique en réponse. Elle a visité et a dit C'est bien exposé, c'est lumineux.

Avec tous ses posters, elle a pris la chambre de Nino pour la mienne.

Le soir même, j'ai regardé une seconde fois *Amour*. J'ai tremblé, hoqueté, suffoqué quand Jean-Louis Trintignant a posé l'oreiller sur le visage d'Emmanuelle Riva, quand ce mari octogénaire s'est mis à étouffer son épouse adorée devenue hémiplégique et avec qui la vie à la maison n'est plus possible, pour honorer le serment qu'il lui a fait de ne jamais la renvoyer à l'hôpital.

J'ai dû m'endormir aussitôt, ou plutôt m'évanouir.

J'ai rouvert les yeux au milieu de la nuit, engourdie devant l'écran, le menu du film en boucle depuis des heures.

Ma poitrine me faisait un mal de chien, menaçant de se déchirer d'un instant à l'autre, trop petite pour mon cœur qui me donnait l'impression d'avoir triplé de volume. J'avais la certitude que j'allais mourir dans les minutes à venir et n'y trouvais rien à redire.

Mais j'ai vu la nuit céder au jour, ton à ton, et ma douleur s'estomper jusqu'à douter de l'avoir jamais ressentie, comme on oublie un parfum.

La mort m'avait étreinte une partie de la nuit et, au matin, elle m'a prise par la main.

J'ai sonné.

C'était lundi, milieu d'après-midi, je savais que ses parents étaient au boulot.

J'ai frappé à la porte, de plus en plus fort avec le plat de la main.

Enfin j'ai entendu C'est qui ?

C'est moi. Laura.

Laura… ? Tu veux quoi ?

Ouvre.

Je peux pas, j'ai le Covid.

Je sais. Ouvre j'te dis. Grouille.

Il y a eu quelques secondes de silence.

Ouvre, putain, fais pas chier !

Enfin le bruit d'un verrou que l'on tourne.

Pierrick était en pyjama, il portait un masque chirurgical. Il n'avait pas l'air plus malade que moi. Je l'ai poussé et j'ai claqué la porte dans mon dos. Il a commencé une phrase mais je ne l'ai pas laissé terminer. Je lui ai arraché son masque et je me suis collée à lui pour lui rouler une pelle. Il a essayé de me repousser m'a dit T'es folle ! mais j'ai senti sa bite se durcir contre mon ventre.

J'ai fourré ma langue le plus loin possible dans sa bouche, j'ai léché ses lèvres, ses dents, j'ai bu sa salive, j'ai tété sa langue. Il s'est reculé et a pris une grande inspiration, comme un apnéiste qui retrouve la surface. J'ai fait passer mon sweat et mon t-shirt en même temps pardessus ma tête. Je ne portais pas de soutif. La bosse à son pantalon de pyjama était ridicule. Il restait immobile et avait l'air d'un parfait imbécile. J'ai sorti la capote de ma poche de jean et la lui ai jetée. Puis j'ai fait voler mes baskets, descendu mon jean et ma culotte.

Il m'a regardée et j'ai pensé qu'il ne devait pas être habitué aux filles non épilées. Nino m'avait enseigné que l'épilation était une pratique asservissante et j'avais autant de poils entre les jambes que sous les bras.

J'ai eu froid soudain. J'ai eu peur.

C'est là qu'il s'est décidé à bouger. Il a fait un pas vers moi, a voulu m'embrasser mais maintenant son acné et ses lèvres me dégoûtaient. Je l'ai repoussé, au bord des larmes, et l'ai fait basculer sur le canapé.

Un court instant, j'ai eu l'élan de quitter l'appartement en courant, mais il a pris ma main et ce contact m'a redonné du courage. Il m'a attirée vers lui, et je me suis laissée à mon tour glisser sur le canapé en cuir qui grinçait sous nos poids et nos mouvements maladroits pour que je me retrouve sous Pierrick qui, d'une main, avait baissé son pantalon de pyjama.

Il était lourd, et j'ai fermé les yeux. Il s'y est repris à trois fois pour venir en moi, fébrile. Je suis certaine qu'il ne s'est pas rendu compte que j'étais vierge.

Il était dur comme un bâton et me donnait l'impression que son érection lui était étrangère, à contretemps de lui-même ; il me baisait comme pour s'en débarrasser.

J'ai gardé les yeux fermés. C'était lamentable et triste, mais ça n'a pas duré longtemps. Quand j'ai compris, à sa respiration, qu'il allait jouir, j'ai réuni toutes mes forces pour l'éjecter de moi. Il s'est retrouvé assis à l'autre bout du canapé, contre l'accoudoir. Je me suis précipitée pour lui arracher la capote et ai eu juste le temps de le prendre dans ma bouche. Je voulais tous ses fluides. J'étais venue pour ça.

Dans la rue j'ai marché vite, sans parvenir à retenir mes larmes. Je me suis demandé ce que Pierrick allait penser de moi. Que j'étais folle, une sacrée chaudasse ou bien la femme de sa vie… ? Peut-être les trois à la fois.

Nino, j'aurais tellement eu besoin de tes bras en arrivant à la maison !

J'avais vu dans plusieurs films des femmes qui, après l'amour, faisaient les pieds au mur pour faire descendre le sperme dans l'espoir de multiplier leurs chances de tomber enceintes.

Je suis restée immobile sur mon lit, sans boire et sans me laver jusqu'au lendemain matin pour bien laisser la mort infuser en moi.

Le cerveau en veilleuse – juste une petite flamme fragile, de quoi maintenir les fonctions vitales du quotidien mais interdire toute réflexion –, j'étais en mode commando. J'attendais le *GO* de départ, qui s'est manifesté sous la forme d'un léger mal de gorge, puis de tête. Le jeudi, à la première heure des visites, j'entrais dans le hall de l'hôpital de la Porte-Verte.

Mon sang cognait dans ma tête. Je transpirais. J'avais l'impression que tout le monde me regardait de travers. J'ai pris l'escalier parce que trois personnes attendaient déjà l'ascenseur. J'ai sursauté quand une voix a appelé mon prénom.

C'était Nicole. Elle m'a dit Ta grand-mère savait que tu allais revenir. Ça fait deux jours qu'elle réclame mon aide pour mettre du rouge à lèvres.

Nino savait tout avant tout le monde, sentait tout avant tout le monde, comprenait tout plus vite que tout le monde. Souvent, j'avais à peine commencé une phrase qu'elle savait ce que j'allais dire, ce qui était d'ailleurs agaçant parce qu'on ne dit pas forcément les choses pour informer, mais par besoin de les verbaliser.

Il m'est arrivé de penser qu'elle avait un don, un truc du genre médium.

J'ai enfilé la tenue de protection habituelle, de la tête aux pieds. Mes mains tremblaient.

Dans la chambre, en un regard, nous nous sommes comprises. Nino m'a souri de sa bouche tordue. J'ai pris conscience à cet instant que j'avais espéré un signe d'elle pour « annuler ma mission », quelque chose dans ses yeux qui me dise qu'elle avait changé d'avis, qu'elle croyait en une suite possible, en un avenir. Et d'une façon totalement incongrue, dans un flash mental, j'ai pensé à Richard Crenna, alias Samuel Trautman dans *First Blood, Rambo* pour la version française, le film de Ted Kotcheff, qui dit à John Rambo de se rendre, que C'est terminé !, et Stallone qui répond Rien n'est terminé, rien ! Tout continue à cause de vous ! C'était pas ma guerre ! avant de fondre en larmes. Mais le sourire tordu de Nino était au contraire un encouragement à accomplir jusqu'au bout ce que j'étais venue faire. Et un remerciement, aussi. Je me suis sentie soudain très faible, j'ai eu peur que mes jambes me lâchent. J'aurais voulu disparaître, redevenir une enfant, sous ma couette, et que Nino entre dans la chambre et s'assoie au bord de mon lit, un bol de lait au miel fumant dans les mains pour soigner mon mal de gorge.

Sauf que c'est moi qui me suis assise au bord de son lit d'hôpital. Je l'ai regardée, suppliante. Mais ses yeux me disaient Courage. Et Merci. Et Je t'aime, aussi. À voix haute j'ai répondu Moi aussi je t'aime, Nino…

J'ai baissé mon masque et j'ai pris sa main, que j'ai embrassée avant de la caresser doucement. Je me suis concentrée sur la perception de ses veines sous la pulpe de mes doigts, comme on lit en braille, et j'ai su à l'instant que je n'oublierais jamais cette sensation.

J'ai éprouvé alors, au plus profond de mes chairs, la signification du mot « désespoir », et j'ai répété Je t'aime je t'aime Ninotte, si tu savais comme je t'aime. D'une pression faible des doigts elle m'a répondu qu'elle savait.

J'ai senti une première larme rouler et j'ai levé sa main pour l'essuyer sur ma joue. Elle avait toujours eu les mains froides. J'ai embrassé sa paume, puis, avec mes cils, comme elle le faisait quand j'étais petite, je lui ai donné un baiser papillon. Elle a émis un bruit de gorge bizarre, qui devait être un rire. J'ai ri à mon tour, mais un sanglot m'a prise de vitesse alors j'ai plongé mon visage dans son cou. Nino a levé son bras valide et a caressé mes cheveux. Secouée par les pleurs, j'avais en même temps dix-sept ans, dix ans, cinq ans et quatorze semaines. C'était un vertige. La sensation physique d'habiter plusieurs époques en même temps. Un « déjà-vu » de tout le corps. « Déjà-vécu. »

J'ai cessé de pleurer, comme ce matin où Nino m'a prise dans ses bras pour la toute première fois après que ma mère m'avait abandonnée sur son lit, près du sac plein de couches. Étais-je en train de me souvenir de cet instant, du premier baiser de Nino qui l'a suivi, ou bien avais-je quatorze semaines, traversée par la prémonition de notre ultime étreinte à la veille de ma majorité ?

J'étais confuse, mais en même temps soudain apaisée. J'ai relevé la tête. Je voulais voir les yeux de Nino. Ses yeux gris qui, selon la lumière, viraient parfois au violet. Je respirais à peine. J'ai senti, sur ma nuque, la pression des doigts de Nino qui ne m'avait pas lâchée. Je n'ai pas résisté. Je l'ai laissée approcher mon visage du sien. Nous respirions ensemble, nos souffles se mêlaient harmonieusement. C'était doux. Une pression encore sur ma nuque et mes lèvres étaient posées sur celles de Nino. Nous sommes restées sans bouger un moment, lèvres contre lèvres. Un baiser immobile. Le dernier.

L'après-midi même, à peine la porte de l'appartement franchie, la fièvre m'a prise. Brutale. Agressive. Un châtiment.

Je me suis laissée tomber sur le lit et y ait passé les sept jours suivants, sans manger, peinant à boire tant ma gorge me brûlait, me traînant pour aller aux toilettes, tremblante, claquant des dents, tenant à peine debout, m'accrochant aux meubles et aux portes. Chaque parcelle de mon corps était douleur, la tête me tournait et j'ai vite perdu les notions d'éveil et de sommeil, de rêve et de réalité, de jour et de nuit. Le temps était devenu liquide et je m'y noyais.

C'est par la prise de conscience que j'avais perdu l'odorat que j'ai compris que le pire était passé. Je me suis rendue en traînant les pieds dans la cuisine pour piocher un yaourt au chocolat dans le frigo. Il n'avait aucun goût.

J'avais trente-huit messages et appels en absence sur mon portable, dont la moitié de Marie-D. et neuf de ma mère, qui me disait, entre autres, qu'elle était venue trois fois à l'appartement sans obtenir de réponse. Une bribe de souvenir m'est alors revenue, de coups frappés à la porte alors que j'étais au lit, folle de fièvre.

Il y avait aussi un message de Pierrick, qui espérait qu'il ne m'avait pas donné le virus, et ajoutait On se revoit ? Je ne lui ai pas envoyé la réponse qui s'est aussitôt formée dans ma tête : Non, on ne se revoit pas, et non, tu ne m'as pas donné le virus, c'est moi qui te l'ai pris.

Il y avait aussi, bien sûr, des messages de l’hôpital. D’abord du service de soins de suite, puis des services Covid, et enfin Covid renforcé.

Quand j'ai enfin été capable de me traîner jusqu'à l'hôpital, Nino était sous « sédation profonde et continue » depuis la veille au soir. Tout était allé très vite, une attaque en règle de tout son organisme par le virus alliée à son refus de se battre.

On m'a dit que je pouvais lui parler, qu'il était probable qu'elle m'entende, que c'était important qu'elle sache qu'elle n'était pas seule. On m'a dit aussi que ma mère était venue deux heures plus tôt, et j'ai espéré qu'elle avait su se tenir.

Je me suis équipée, la durée de ma visite était réduite pour diminuer le risque que je sois contaminée. Bien sûr, j'ai gardé pour moi que je devais être un véritable réacteur à anticorps.

Une fois dans la chambre, j'ai regardé Nino, débarrassée de toute sonde, couchée bien proprement sur le dos, mains jointes sur le ventre par-dessus le drap tiré. Une déjà-morte. Elle m'a fait l'impression d'être toute petite.

Je me suis assise au bord du lit et j'ai dit Je suis là, Nino.

Elle le savait déjà.

Six jours plus tard, ce n'est qu'à la sortie du crématorium, une fois revenue de mon évanouissement – Alain m'avait allongée au sol, me confectionnant un oreiller avec sa veste pliée pendant que Mireille me tenait les jambes levées –, que j'ai rencontré Nassim, le nouvel amoureux de ma mère, qui n'avait pas osé prendre part à la cérémonie. Il avait bien vingt ans de moins qu'elle, et il était très beau.

On s'est retrouvées l'une en face de l'autre, ma mère et moi, près de leur voiture. Rien n'était prévu après la cérémonie. Nous étions comme deux danseuses ignorantes des pas. Ma mère a retiré son masque et ouvert la bouche pour commencer une phrase, mais elle s'est arrêtée. Elle m'a fait un sourire, rapide et gêné. Puis, soudain, elle s'est avancée et m'a prise dans ses bras, et je n'ai pas su quoi faire des miens. Elle m'a serrée maladroitement, mécaniquement. Je n'ai rien ressenti, ni chaleur, ni émotion, ni soulagement, ni consolation. Rien. Elle non plus, j'en suis certaine.

Et puis elle m'a lâchée aussi brusquement et a pris le volant de la voiture dans laquelle Nassim l'attendait côté passager.

Je l'ai regardée partir une fois encore.

Je ne suis pas retournée au cinéma depuis le 4 mars 2021. J'ai même – Pardon Nino, pardon pour tout, oh pardon ! – regardé des séries sur Netflix avec les codes que ma mère avait enregistrés sur ma tablette. Jusqu'à la nausée.

Je ne suis pas retournée au lycée non plus. Je n'ai pas passé mon bac. Je n'ai revu ni Mireille, ni Alain, ni Marie-Des-Neiges, ni aucun de mes amis. J'ai fait la morte pendant deux ans. J'ai fait à peine semblant.

Il y a deux semaines, j'ai reçu un message de Marie-D. : Bon, Lo, je sais même pas si ce numéro est encore bon. Je vis à Lyon, avec Pierrick. Il t'embrasse. Je prends des cours de théâtre. Je suis sûre que c'est ta grand-mère qui m'a donné le virus, à force de nous payer le ciné quand on était gamines. En plus, je suis bonne comédienne... ! Si tu es encore de ce monde de dingues, réponds-moi. Tu me manques.

Je n'ai pas répondu. Pas encore. Quoi lui dire… ? Peut-être que je sens poindre, aujourd'hui, l'ébauche du désir d'un projet. Que Kafka avait raison à propos de l'écriture, de la hache qui brise la mer gelée en nous ? À moins, ce qui est plus probable, que ce soit la boîte à biscuits bientôt vide qui me pousse à réfléchir… ? Comment disais-tu, déjà, Nino : la faim fait sortir le loup du bois, c'est ça… ?

Je pourrais, peut-être, passer mon bac en candidate libre… ? Tu en penses quoi… ? Et si, après, j'essayais de faire médecine… ?

Hein, tu en penses quoi, Nino ? Toi qui faisais des courbettes à mon pédiatre alors que tu refusais le moindre soin sur ta personne. Toi à qui je devais faire du chantage affectif pour que tu te fasses vacciner contre la grippe et pour que tu acceptes de te faire opérer de la cataracte (tu n'as cédé que parce que tu commençais à avoir des difficultés à lire les sous-titres des films en version originale !).

Tu dirais quoi si, un jour, on appelait ta P'tit' Miss « docteure », avec une intonation dans la voix qui me rappellerait la tienne quand j'étais malade ? Fébrile, humble, se rabaissant des fois que ça motiverait le toubib pour mieux soigner ceux qu'on aime. Et même « sauver », puisque dans mes rêves encore balbutiants et illégitimes, je me destine aux urgences. Car c'est ma vie que je dois sauver.

Mais d'abord comment je fais, maintenant que j'ai tout dit, que j'ai tout écrit ? Comment je fais, moi… ? Un conseil, Emil ? Une petite phrase bien sentie sur la marche à suivre une fois qu'on a écrit les choses qu'on n'oserait confier à personne… ? Non… ! Rien, vraiment… ? Pas top, le SAV, monsieur Cioran.

Encore une chose, quand même.

Le jeudi 8 avril 2021, soit un mois et quatre jours après la mort de Nino, une proposition de loi sur l'euthanasie, adoptée la semaine précédente par la commission des affaires sociales, a été examinée à l'Assemblée nationale dans l'optique d'instaurer un « droit à une fin de vie libre et choisie » par l'autorisation, sous condition, d'une aide active à mourir. Cinq députés du parti Les Républicains – Xavier Breton, Patrick Hetzel, Julien Ravier, Frédéric Reiss, Marc Le Fur –, lancés dans une bataille d'obstruction, ont déposé plus de deux mille amendements et sous-amendements dans le but de rendre mécaniquement impossible son adoption éventuelle avant minuit.

Avec succès.

Outre les livres sur le cinéma, Nino lisait beaucoup, presque exclusivement de la littérature de genre, polar mais surtout science-fiction alors qu'elle n'était pas particulièrement friande de ce genre au cinéma où elle avait une préférence pour les films réalistes – à l'exception de *E.T.*, probablement parce qu'il a longtemps été le film devant lequel je préférais pleurer, de *Rencontre du troisième type* qu'elle adorait en grande partie grâce à la présence de François Truffaut dans le rôle de Claude Lacombe, de *2001, l'Odyssée de l'espace* qu'elle m'a montré pour mes douze ans et auquel je n'ai rien compris, et de *Bienvenue à Gattaca* qui m'a permis de découvrir Jude Law qui a aussitôt envoyé Rex Harrison, mon amour d'enfance, aux oubliettes.

Mais au milieu des collections « Présence du futur », « Ailleurs et Demain », « Série Noire » et « Grands Détectives », entre autres, elle avait tous les livres de

Georges Perec. Elle m'avait raconté avoir découvert cet auteur grâce à une femme qui vivait dans le premier immeuble dont elle avait été la concierge, alors qu'elle avait trente ans. Une femme mariée, de dix ans son aînée, dont elle était secrètement amoureuse. Elle pensait d'ailleurs, avec le recul, que ses sentiments étaient partagés même si ni l'une ni l'autre n'y avaient jamais fait aucune allusion et qu'il ne s'était jamais rien passé entre elles sinon des échanges toujours maladroits et brusqués dans la cage d'escalier. Et cette femme connaissait Perec personnellement. Elle avait prêté un de ses livres à Nino qui avait ensuite acheté tous les autres, plus pour avoir l'occasion d'en parler à la femme que pour leur auteur. Elle en avait même deux volumes dédicacés « *À Gene.* »

Je n'en ai lu qu'un seul, intitulé *Je me souviens*.

Et moi aussi je me souviens :

Que Nino m'a raconté avoir pleuré le jour de la mort de François Truffaut.

Qu'un jour où Mireille a dit qu'elle n'était pas née à la bonne époque Nino a répliqué Moi si, avant il n'y avait pas le cinéma.

Que le dernier film vu par Nino au cinéma avant que les salles ne referment est *ADN* de Maïwenn.

Que le dernier film vu avec Nino à la maison avant son hospitalisation est *Loin de la foule déchaînée* de Thomas Vinterberg et que nous l'avions aimé.

Que j'ai longtemps appelé Nino « Nanou » puis « Ninotte » après avoir découvert *Ninotchka*.

Que Nino aimait préciser que c'est Billy Wilder qui a apporté le scénario de *Ninotchka* à Ernst Lubitsch.

Que Nino avait une connaissance encyclopédique de l'histoire du cinéma et que c'était souvent agaçant.

Que Nino m'a obligée à voir *Stalker* d'Andreï Tarkovski en me disant Tu vas voir c'est magnifiquement chiant.

Que je n'ai jamais voulu avouer à Nino que j'avais trouvé *Stalker* très beau et pas si chiant que ça.

Que Nino avait les mains déformées par l'arthrose.

Que Nino avait des oignons aux pieds qui déformaient ses chaussures en cuir.

Que la déformation des chaussures de Nino, des mois après sa mort, me donnait l'impression que son fantôme les avait enfilées.

Que les dimanches Nino me laissait traîner en pyjama sans me laver.

Qu'à treize ans j'ai été très fière quand Nino m'a mesurée et que pour la première fois ma marque de crayon était plus haute que la sienne sur la porte de la salle de bains.

Que chaque année ensuite ma marque de crayon montait alors que celle de Nino descendait.

Que les derniers temps Nino s'endormait avant la fin des films mais refusait de l'admettre.

Que Nino avait connu la guerre.

Que Nino avait eu une orange pour Noël.

Que Nino a dit Je n'aurais jamais pensé connaître ça ! quand les salles de cinéma ont fermé à cause du Covid-19.

Que Nino avait mal au cœur en voiture si ce n'était pas elle qui tenait le volant.

Que Nino me massait entre les yeux pour m'apaiser quand entre dix et douze ans je n'arrivais pas à m'endormir le soir.

Que Nino me frictionnait les cheveux très fort après m'avoir fait un shampoing.

Que Nino a voulu un téléphone à écran tactile dont elle n'a jamais su se servir.

Que la chambre de Nino ressemblait à une chambre d'ado mais qu'elle sentait le vieux.

Que Nino avait toujours eu peu d'amis et m'enviait ma complicité avec Marie-D.

Que Nino nous avait emmenées à Paris, Marie-D. et moi, voir *Autant en emporte le vent* et nous avait payé des esquimaux à l'entracte.

Que Nino aimait ma mousse au chocolat, ma tarte au citron, ma crème renversée, mon clafoutis et le gâteau au yaourt de Marie-D.

Que Nino cuisinait comme un pied parce que ça l'ennuyait.

Que Nino me donnait mon goûter pendant les pubs quand nous courions au cinéma à la sortie de l'école.

Que j'aimais son parfum poudré.

Que ma mère m'a dit un jour Tu es bien plus heureuse avec ta grand-mère que tu ne le serais avec moi.

Que j'ai été bien plus heureuse avec Nino que si j'avais vécu avec ma mère.

Que je me suis souvent demandé si ma mère avait été plus heureuse sans moi.

Que jusqu'à dix ans j'ai secrètement espéré vivre un jour avec ma mère.

Que jusqu'à dix ans je me suis sentie coupable d'espérer secrètement vivre un jour avec ma mère.

Que j'aimais le parfum acidulé de ma mère.

Que j'ai aimé me promener en silence avec ma mère pendant le premier confinement.

Que je n'ai jamais appelé ma mère maman.

Que Marie-D., en CP, m'enviait de vivre seule avec ma grand-mère.

Qu'à l'école je disais que ma mère avait été renversée par une voiture et qu'elle était morte dans mes bras avant l'arrivée de l'ambulance.

Que Marie-D. n'a jamais dit à personne que c'était un mytho.

Que ce mensonge accompagné mentalement par une musique de John Barry arrivait chaque fois à me faire pleurer.

Que Nino avait les larmes aux yeux lorsqu'elle écoutait la musique de *Out of Africa*.

Que Nino trouvait Meryl Streep « terriblement sexy ».

Que Nino aimait la bouche de Sigourney Weaver et les yeux de Danielle Darrieux.

Qu'un jour, en colère, j'ai dit à Nino qu'elle n'était qu'une femme de ménage.

Que Nino a continué jusqu'à mes quatorze ans à faire des ménages au noir parce qu'elle avait une petite retraite.

Que Nino n'a jamais élevé la voix contre moi.

Que Nino aimait prendre les accents.

Que je riais aux larmes quand elle imitait l'accent russe de Greta Garbo dans *Ninotchka*.

Que Nino, dès que je demandais C'est quoi ?, répondait Je ne sais pas mais c'est beau, avec l'intonation de François Truffaut dans *Rencontre du troisième type*.

Que ça m'énervait et m'amusait en même temps chaque fois que Nino utilisait une réplique de cinéma dans la vraie vie.

Que souvent quand je lui adressais la parole elle me lançait C'est à moi qu'tu parles ? avec la voix de De Niro.

Que Nino n'a jamais manqué une fête de l'école ni une réunion pédagogique alors que ça l'ennuyait et qu'elle ne s'en cachait pas.

Qu'à l'école, c'était pour Nino que je préparais les cadeaux de fête des mères.

Qu'elle ne faisait pas semblant de les trouver jolis quand ils étaient moches.

Qu'elle n'a jamais jeté un seul de mes cadeaux de fête des mères qui décorent encore aujourd'hui la cuisine.

Que pour mes douze ans Nino a poussé les meubles du salon et emprunté des chaises aux voisines pour mes invités à qui – volets tirés, une lampe de poche à la main et des esquimaux pour les entractes – elle a passé les trois premiers *Rocky* à la suite.

Que le lendemain de mes douze ans j'étais la fille la plus populaire du collège et que tous mes copains et mes copines singeaient des esquives et des uppercuts dans la cour.

Qu'au collège je rêvais d'être lesbienne comme Nino mais que seuls les garçons m'attiraient.

Que le sperme de Pierrick avait le goût fade de la mort.

Et les lèvres de Nino celui de la cerise.

Et si ce livre que je suis en train de terminer n'était pas seulement l'aveu de ces choses que je n'aurais osé, sans cela, confier à personne, mais aussi, ou surtout, ou un peu, le désir d'écrire notre histoire à toutes les trois, Nino, ma mère et moi ? Parce qu'au fond, c'est une histoire d'amour, non ? D'amours au pluriel, et au féminin.

D'amours magnifiques ou manquées, comme au cinéma.

Mais mettre un point final à ce récit ne reviendrait-il pas pour autant à tuer Nino une seconde fois ?

Pourtant il faut bien, tremblante de peur, que j'écrive le mot

Fin

mais je me souviens encore
et ne l'oublierai jamais
que Nino ma Ninotte ne pouvait s'empêcher
de presser le pas quand nous allions au cinéma
et qu'elle aimait

Gene Tierney
Delphine Seyrig
Lauren Bacall
Cary Grant
Ronit Elkabetz
Grégory Gadebois

Monica Vitti

Jacques Perrin

Florence Loiret-Caille

Ray Milland

Paulina García

Melvyn Douglas

Peter Lorre

Mads Mikkelsen

Gérard Philipe

James Stewart

Robert Mitchum

Annie Girardot

Jeremy Irons

Muse Dalbray

Georges Marchal

Peter Falk

Gene Kelly

Patrick Dewaere

Julian Moore

Ricardo Darín

Jude Law

Dorothy Malone

Philippe Noiret

Paulette Goddard

Errol Flynn

Jacqueline Bisset

Rock Hudson

Matt Damon

Marcello Mastroianni

Michel Piccoli

Liza Minnelli

John Cleese

Paul Meurisse

Romy Schneider

Edwige Feuillère

Al Pacino

Christine Fabréga

Ingrid Thulin

Martha Hyer

Salma Hayek

Xavier Dolan

Helmut Berger

Olivia de Havilland

Clotilde Hesme

Ginette Leclerc

Jack Lemmon

Swann Arlaud

Dany Carrel

Jamel Debbouze

Gwyneth Paltrow

Mireille Balin

Marie-José Nat

Philippe Clay

Sissy Spacek

John Malkovich

Kirk Douglas

Liv Ullmann

Noël-Noël

Pierre Brasseur

Morgan Freeman

Robert Taylor

Maria Casarès

Laurent Stocker

Noël Roquevert

Bibi Andersson

Fernand Charpin

Anna Mouglalis

Dora Doll

Glenn Close

Franz Rogowski

Danny Kaye

Fabrice Luchini

Claude Gensac

Isabelle Adjani

Shirley MacLaine

Halle Berry

Gary Cooper

Micheline Presle

Roschdy Zem

Andréa Parisy

Jean Topart

Katharine Hepburn

Jacques Duby

Josiane Balasko

Alice Tissot

Harold Lloyd

Burt Reynolds

Pierre Fresnay

Paulette Dubost

Eddie Murphy

Barbara Stanwyck

Bernard Fresson

Stewart Granger

George C. Scott

Léa Drucker

Robert Stack

Mickey Rooney

Ed Harris

Mathieu Kassovitz

CCH Pounder

Spencer Tracy

Yves Robert

Lana Turner

Simone Renant

Patrick Chesnais

Hiam Abbass

Jean-François Stévenin

Nathalie Richard

Alba Rohrwacher

Dean Martin

Guy Decomble

Jean Harlow

Louis Jouvet

Éric Elmosnino

Tom Hanks

Lubna Azabal

François Périer

Natalie Wood

Robert Dhéry

Simone Signoret

Bruno Ganz

Annette Poivre

Henri Garcin

Mathieu Amalric

Marie-France Boyer

Marie Dubois

Jackie Chan

Claudette Colbert

Bruce Willis

Françoise Dorléac

Christopher Walken

Yvonne Printemps

Frank Sinatra

Barbra Streisand

Jeanne Moreau

Ian McKellen

Raymond Bussières

Alexandra Stewart

Rod Steiger

Michel Galabru

Sami Bouajila

Charles Vanel

Kristen Stewart

Hubert Deschamps

Pascale Roberts

Nina Hoss

Catherine Frot

Lillian Gish

Lou de Laâge

Ludmila Mikaël

Orane Demazis

Laurence Olivier

Daniel Craig

Joseph Cotten

Ginger Rogers

Jacques Dufilho

Constance Towers

Jules Berry

Jacques Gamblin

Stan Laurel

Géraldine Pailhas

Jean Seberg

Javier Bardem
André Marcon
Claude Brasseur
Pio Marmaï
Ewan McGregor
Nathalie Baye
Silvana Mangano
Fred MacMurray
Reda Kateb
Joan Crawford
Féodor Atkine
Jean-Pierre Marielle
Robert Walker
Yvonne Clech
Marie Rivière
Jean-Pierre Bacri
Charlie Chaplin
William Holden
Yves Montand
Diane Kruger
Georges Wilson
André Dussollier
Margherita Buy
Diane Keaton
Ava Gardner
Harry-Max
Valérie Lemercier

Anne Bancroft

Daniel Ceccaldi

Ernest Borgnine

Jamie Lee Curtis

Denzel Washington

Meg Ryan

James Coburn

Lambert Wilson

John Gielgud

Maurice Ronet

Jessica Chastain

Jacques Boudet

Peter Mullan

Kerry Washington

Bouli Lanners

Eva Marie Saint

Vincent Cassel

Nadine Labaki

Leonardo DiCaprio

Alan Rickman

Emma Thompson

Jean-Louis Trintignant

Michel Bouquet

Talia Shire

Toshiro Mifune

Michèle Mercier

Fernanda Montenegro

Marlon Brando

Sandrine Kiberlain

Robert Dalban

Marthe Keller

John Hurt

Jean Gabin

Claude Rains

Lionel Barrymore

Emma Roberts

Vittorio Gassman

Robert De Niro

Suzanne Flon

Antonio Banderas

Cécile de France

Jerry Lewis

Fernand Ledoux

Holly Hunter

Nicole Garcia

James Thierrée

Thierry Godard

Karen Steele

Simone Simon

Sean Penn

Vincent Lindon

James Caan

Jennifer Connelly

Pierre Richard

Arletty

Charles Denner

Danny DeVito

Maurice Biraud

Willem Dafoe

Dominique Zardi

Michel Simon

Marilyn Monroe

Mel Gibson

Richard Todd

Marina Vlady

Shirley Temple

Mia Farrow

Pierfrancesco Favino

Viviane Romance

Marlène Jobert

Michel Fau

Tim Robbins

Anaïs Demoustier

Gena Rowlands

Kevin Costner

Dominique Blanc

John Cazale

Gaby Morlay

Sabine Azéma

Raquel Welch

Robert Redford

Julien Guiomar
Ariane Ascaride
Raymond Pellegrin
Kathy Bates
Edward G. Robinson
Darry Cowl
Jeff Bridges
Sidney Poitier
Paul Meurice
Helen Hunt
Jean-Claude Brialy
Jack Palance
Giulietta Masina
Cate Blanchett
Valerio Mastandrea
Leslie Caron
Sam Neill
Francis Blanche
Gloria Stuart
Gael García Bernal
Elvire Popesco
Carmen Maura
Jean-Pierre Aumont
Louis de Funès
Sam Shepard
Alain Chabat
Lyna Khoudri

Charles Laughton
Mireille Darc
Meryl Streep
Emmanuelle Devos
Forest Whitaker
Claude Rich
Riccardo Scamarcio
Curd Jürgens
Elizabeth Taylor
Louis Garrel
Bernard Blier
Anjelica Huston
Pierre Tornade
Lilli Palmer
Burgess Meredith
Michael Caine
Anouk Aimée
Albert Dupontel
Tommy Lee Jones
Paul Newman
Jean Poiret
Clark Gable
Jean-Pierre Léaud
James Mason
Jean Carmet
Robert Ryan
Bernadette Lafont

Lee Van Cleef

Colin Farrell

Jason Robards

Guillaume Gallienne

Rutger Hauer

Madeleine Robinson

Stefania Sandrelli

Charles Bronson

Andie MacDowell

Joanne Woodward

Harry Baur

James Cagney

Danièle Lebrun

Karl Malden

Oscar Isaac

Leïla Bekhti

Richard Dreyfuss

Nicole Courcel

Guy Grosso

Tilda Swinton

Jean Desailly

Lucien Jean-Baptiste

Richard Widmark

Frances McDormand

Jon Voight

Françoise Fabian

Victoria Abril

Jean-Pierre Darroussin

Claude Jade

Gregory Peck

Michel Vuillermoz

Mary Pickford

Hugh Grant

Burt Lancaster

Valeria Golino

Sean Connery

Mylène Demongeot

Michel Duchaussoy

Anne Consigny

Anthony Quinn

Buster Keaton

Rosamund Pike

Sylvester Stallone

Michel Serrault

Shelley Winters

Loretta Young

Ray Liotta

Anna Karina

Anne Baxter

Ben Gazzara

Gérard Depardieu

Ida Lupino

Steve McQueen

Marie-France Pisier

Gloria Swanson

André Hunebelle

Jodie Foster

Hélène Vincent

Melanie Griffith

Fred Astaire

Kim Novak

Miou-Miou

Stellan Skarsgård

Anthony Perkins

Isabella Rossellini

Dany Robin

Denis Ménochet

Yul Brynner

Michel Duplaix

Jean Yanne

Grace Kelly

Suzy Delair

Eva Green

Mel Ferrer

Vincent Price

Jacques Dynam

Benoît Magimel

Jean Marais

John Goodman

Aure Atika

Tippi Hedren

Jessica Lange
Dustin Hoffman
Nastassja Kinski
Penélope Cruz
Randolph Scott
Helen Mirren
Robin Williams
Greta Garbo
Noémie Merlant
Stanislas Merhar
Rita Hayworth
Françoise Rosay
Adèle Exarchopoulos
Erich von Stroheim
Angela Lansbury
Ursula Andress
Jessica Tandy
Jacques Villeret
Marcel Dalio
Laura Morante
James Dean
Toni Servillo
Valentine Tessier
Colin Firth
Max von Sydow
Danielle Darrieux
Jack Nicholson

Anna Magnani
Daniel Auteuil
Tom Cruise
Gene Hackman
Faye Dunaway
Laura Dern
Fernandel
Lee Marvin
Gong Li
Samantha Eggar
Hume Cronyn
Claudia Cardinale
Ornella Muti
Catherine Deneuve
Sami Frey
Gwen Verdon
Adrien Brody
Michael Keaton
Doris Day
Julien Carette
Peter Sellers
Bette Davis
Michael Lonsdale
Claude Rains
Gian Maria Volonté
Jean-Paul Belmondo
Fanny Ardant

Tony Curtis
André Wilms
Tim Roth
Joaquin Phoenix
Sophia Loren
Jean Rochefort
Pauline Carton
Humphrey Bogart
Judi Dench
Edward Norton
Hanna Schygulla
Juliette Binoche
Bill Murray
Judy Garland
Jeff Goldblum
Harvey Keitel
André Pousse
Charlotte Rampling
Daniel Gélin
Rossy de Palma
William Hurt
Susan Sarandon
Chiara Mastroianni
David Niven
Hervé Pierre
Henry Fonda

Jean-Pierre Cassel
Harry Dean Stanton
Melvil Poupaud
Mario David
Eli Wallach
Irène Jacob
Bourvil
Sigourney Weaver
Martin Sheen
Firmine Richard
Denis Podalydès
Omar Sharif
Marlene Dietrich
Woody Harrelson
Peter O'Toole
Stéphane Audran
Judd Hirsch
Martha Plimpton
Michael J. Fox
Sally Hawkins
Jeanne Balibar
Harrison Ford
Montgomery Clift
Michèle Morgan
Harry Belafonte
Audrey Hepburn
...

DU MÊME AUTEUR AUX ÉDITIONS THIERRY MAGNIER :

9791035201937

9791035202347

9791035201944

9791035201951

9791035203542

9791035203443

9791035201968

9791035203436

Cet ouvrage a été achevé d'imprimer par amour
pour une bergère et un petit ramoneur de rien du tout
pour le compte des éditions Thierry Magnier
par l'Imprimerie Floch à Mayenne en mai 2023
Dépôt légal : août 2023
NBJ/00127.01.00001.001
N° d'impression : 102692
Imprimé en France